R & L

Wolfgang und Florentine Joop

Rudi Rubi

Rütten & Loening Berlin

Mit 14 Illustrationen von Florentine Joop

ISBN 3-352-00722-5

1. Auflage 2005

Einbandgestaltung Henkel/Lemme
unter Verwendung einer Illustration von Florentine Joop
Druck und Binden Clausen & Bosse, Leck
Printed in Germany

www.ruetten-und-loening.de

Ich muß jemanden finden. Einen, der mich rettet, dachte das Mädchen.

Sie stand am Fenster und sah hinaus. Ihre großen, dunklen Augen suchten die grauen Straßen ab. Sie sah nur fremde, unfreundliche Gesichter. Es strengte sie an, und ihr wurde schwindelig.

Manchmal fühlte sie sich so schwach, daß sie kaum noch einen Fuß vor den anderen setzen, geschweige vor die Tür gehen konnte, aber was hätte sie da draußen auch tun sollen? Sie war in einem fremden Land, in das sie nicht gehörte.

Das Mädchen schloß die Augen und träumte sich zurück in ihre Heimat, zurück in eine Welt, die golden war, voller Farben und Gerüche. Eine Heimat, die sie nur aus Erzählungen kannte.

Einmal hatte sie angefangen, diese Welt zu malen,

aber auch das hatte sie zu sehr angestrengt, und ihre Mutter hatte sie gebeten, den Pinsel beiseite zu legen.

»Mache dir nicht zu viele Sorgen«, sagte ihre Mutter und lächelte. Ihre Mutter hatte immer ein Lächeln im Gesicht. Sie wußte genau, woran ihre Tochter dachte. »Wir werden jemanden finden, der uns helfen wird.«

Das Mädchen nickte. Hoffentlich, dachte sie. Viel Zeit blieb ihr nicht mehr.

Rudi wußte, daß ihn alle für eine echte Heulsuse hielten.

Ramona, seine Mutter, hatte ihm einmal erzählt, daß er weinend auf die Welt gekommen war. Dabei hatte er nicht geschrien wie andere Kinder. Nein, stumm, mit Augen voller Tränen hatte er sich umgeschaut, noch bevor er in die Arme seiner Mutter gelegt wurde.

Es kamen ihm die Tränen, als er sah, wie ein dreibeiniger Hund versuchte über die Straße zu hüpfen. Er weinte, wenn ihm seine Lieblingshose zu eng geworden war, und er mußte weinen, wenn er in der Schule mal wieder kein Wort herausgebracht hatte. Er weinte, wenn seine Eltern sich stritten oder seine Mutter ihn zurechtwies. Er weinte, weil sie ihn sich als smarten kleinen Herzensbrecher wünschte, der er nicht war. Er weinte, wenn ihn sein Vater wieder einmal behandelte, als wäre er Luft. Jürgen, sein Vater, war Musiker; das heißt, er hatte eigentlich genau nur einen Hit gehabt, vor zwanzig Jahren, lange vor Rudis Geburt, der eine Zeitlang im Radio gespielt worden war. Seitdem saß er zwar dauernd mit seiner Gitarre im Studio, aber ein erfolgreicher Song war dabei nicht mehr herausgekommen.

Seine Mitschüler machten sich nur über Rudi und seine Tränen lustig. »Treib Sport!« sagten sie, aber mitspielen ließen sie ihn nicht.

»Wachs mal!« riefen sie und wußten, daß er anfangen würde zu weinen. Oder sie nannten ihn »Rudi Rundlich«. Und Rudi weinte, heimlich, still vor sich hin.

Besonders Björn machte sich einen Spaß daraus, Rudi zu triezen. Björn war groß und dunkelhaarig, er hatte schon Apple geküßt, das schönste Mädchen der Schule, und er war der beste Fußballspieler von allen. Es schien ihm auch nichts auszumachen, daß er schon einmal sitzengeblieben war. »Mach besser mal Diät«, hatte Björn neulich mit einem hämischen Lächeln zu Rudi gesagt. »Dann kannst du auch coolere Sachen tragen, Rudi Rollmops!« Rudi tat, als wäre er unverwundbar, aber seine Tränen verrieten ihn.

Rudis Mutter kaufte seine Sachen, natürlich nie die richtigen, und wenn er sich so im Spiegel sah, klein, rundlich und ratlos, kamen ihm wieder die Tränen. Es nutzte nichts, egal, ob er versuchte, sich die Haare anders zu kämmen oder sie mit Gel einzuschmieren – der Junge, der ihn jeden Morgen im Spiegel anschaute, wollte er nicht sein. So wie er aussah, konnte ihn ja niemand lieben, wahrscheinlich nicht einmal seine Mutter.

»Es gibt nur eines, was ich wirklich kann«, sagte er sich. »Heulen.«

Aber das ist viel zu wenig, dachte er.

AUA III
Dein ist mein ganzes
1 2 3
KINO

1. Fünf Euro für einen Dinosaurier

Rudi konnte es gar nicht glauben. Björn hatte ihn gefragt, ob er mit Apple und den anderen ins Kino gehen wollte. Für Rudi war ein echtes Wunder geschehen. Ein neuer Dinosaurierfilm lief an. Klar wollte Rudi mitgehen. Er hatte nur Sorge, daß er im Kino anfangen würde zu weinen, am Ende, falls das Monster vielleicht sterben sollte. Denn wenn Tiere litten oder starben in Filmen, war es für Rudi kaum auszuhalten. Besonders vor Apple wollte Rudi sich keine peinlichen Fehler erlauben. Auf keinen Fall heulen!

Unterwegs faßte Rudi immer wieder in seine Hosentasche. Fünf Euro und keinen Cent mehr hatte seine Mutter ihm mitgegeben. Ramona war eigentlich dagegen, daß er sich so einen Film anschaute. »Bist du sicher, daß dir dann nicht wieder die Tränen kommen? Erinnere dich an letztes Mal, wo du nach dem Film die ganze Nacht geweint hast«, sagte sie, und Rudi wußte nicht, ob sie genervt oder besorgt war.

Auf dem Weg zum Kino machten die anderen Faxen, und Rudi tat cool, in Gedanken damit beschäftigt, sich keine Blöße zu geben.

Vor dem Kino saß ein Bettler auf der Straße. Er sah alt und heruntergekommen aus und trug eine große alte Jacke über den Schultern. Die Ärmel waren leer. *Habe keine Arme. Danke!* stand auf einem Stück Pappe, das vor ihm auf dem Pflaster lag.

Wortlos sah der Bettler Rudi an, als die Kinder vorübergingen. Nur ihn. Keinen von den anderen. Und Rudi schaute zurück – direkt in die fragenden Augen des Bettlers. Der Anblick der leeren Ärmel und die Armut des Mannes rührten Rudis Herz, daß eine kleine lautlose Träne seine Wange herunterkullerte. Er griff in seine Hosentaschen und fühlte die Eurostücke, die lose darin lagen. Fünf Münzen konnte er ertasten. Fünf für die Eintrittskarte. Popcorn und Cola hatte Ramona ihm verboten.

Langsam zog Rudi einen Euro aus der Hosentasche und legte ihn dem Bettler auf die Pappe. Er dachte gar nicht nach und vergaß Kino, Dinosaurier und Björn und Apple und die anderen vollkommen.

Plötzlich streckte der Bettler eine Hand aus der Jacke und griff nach der Münze. »Danke, mein Junge!« sagte er leise.

»Reingefallen, Rudi!« brüllten Björn und die anderen.

Ihre Schreie taten Rudi so weh in den Ohren, daß ihm sofort Tränen in die Augen schossen.

»Hast du denn nicht gesehen, daß der Alte seine Arme unter der Jacke versteckt hatte?« rief Björn.

Nein, das hatte Rudi nicht bemerkt; er hatte nur in die Augen des Bettlers gesehen.

»Rudi Rindvieh!« rief Björn und lachte. Dann zog er Apple mit sich und verschwand mit den anderen im Kino.

Rudi blieb allein zurück. Was für eine Blamage! Diesmal hatte er vor Wut Tränen in den Augen. Aus Scham wagte er nicht, nach Hause zu gehen. Was würde seine Mutter sagen, wenn er nicht im Kino gewesen war und trotzdem nicht mehr das ganze Geld hatte?

Verstohlen blickte er zu dem Bettler hinüber, aber

der Platz war verlassen. Weg war der Mann mit Rudis Euro. Wahrscheinlich lachte auch der Bettler ihn aus und kaufte sich von dem ergaunerten Geld eine Flasche Schnaps, um sie auf das Wohl der Rindviecher zu trinken, die ihm auf den Leim gegangen waren. Und Rudi war das größte Rindvieh. Seine Tränen wischte er sich mit dem Jackenärmel ab.

Er wußte nicht, was er tun sollte, also betrachtete er die Filmplakate draußen, während die anderen drinnen Spaß hatten. Auf einem Plakat von einem alten Schwarzweißfilm war ein Paar zu sehen, das sich in den Armen hielt. Der Mann beugte sich über die Frau, die ihn anhimmelte. Er hatte glänzendes schwarzes Haar und trug einen Anzug. Rudi las: *Dein ist mein ganzes Herz,* und weiter: *Liebe, die nie endet. Rudolpho Valentino in seiner gro*ßen *Rolle als Herzensbrecher.*

Hier war er also, sein Namensvetter. Weil dieser Rudolpho Valentino seiner Mutter so sehr gefiel, hatte sie ihn auch so genannt. Als hätte sie gehofft, daß das ausreichte, um aus Rudi auch einen Herzensbrecher zu machen. Aber Mädchen standen eben auf Jungs wie Björn. Immer cool, groß und sportlich. Nicht auf solch einen Tolpatsch wie ihn, der auf Betrüger hereinfiel und der bei Zeichentrickfilmen heulte.

Rudi fühlte sich miserabel, und in seinem Kopf sah er das Plakat zu einem anderen Film: er, der kleine Dicke, der heulend in der Ecke stand, und im Vordergrund Björn mit Apple im Arm, wie er sich über sie beugte. So konnte es nicht weitergehen! Rudi schwor sich einen heiligen Eid, wie ihn nur kleine unglückliche Jungs schwören können: »Ich werde mich ändern.«

2.
Der Herzensbrecher

Als Rudi zu Hause versuchte, leise in sein Zimmer zu schleichen, fing ihn seine Mutter ab.

»Wie war's im Kino?« fragte sie ihn.

»Schön«, antwortete er, ohne sie anzuschauen.

»Schööön? Sieh mich an, Rudi!« Sie ging auf ihn zu und umfaßte sein Gesicht mit beiden Händen. »Sieh mich an! Du bist so früh wieder da? Und geheult hast du! Du verschweigst doch wieder etwas!«

Rudi zappelte, um sich aus ihrem Griff zu lösen, aber schon wieder stiegen Tränen in seine Augen.

»Ramona, das Geld hat nicht gereicht. Ich ... ich habe vor dem Kino gewartet, bis der Film zu Ende war«, stotterte er hilflos. Andere hätten einfach gelogen. Warum konnte er nicht lügen?

»Ich habe dir doch genau fünf Euro gegeben!«

»Ja, aber ich hatte nur noch vier.« Rudi wußte, daß seine Antworten immer nur neue Fragen erzeugten.

»Hast du sie verloren? Hast du ein Loch in der Hosentasche?« Da waren sie, die Fragen.

»Nein. Den Euro hat ein Bettler ohne Arme genommen.«

»Genommen? Wie denn ohne Arme?« Ramona stand nun mit verschränkten Armen vor ihm.

»Na ja, erst hatte er keine, und dann hatte er doch irgendwie welche und hat den Euro genommen ...«

Also, das klang auch blöd, aber so war es ja gewesen. Und wie sollte er seiner Mutter erklären, was er gefühlt hatte, als er dem Mann in die Augen blickte?

»Morgen suchst du diesen Betrüger und verlangst dein Geld zurück. Du kannst mit deinen zwölf Jahren wohl immer noch nicht mit Geld umgehen. Ich weiß wirklich nicht, ob mit dir alles in Ordnung ist – Rudi Valentin. Und bitte hör einmal auf zu heulen.« Dann ließ sie ihn allein.

Im Bett konnte er nicht einschlafen. Seine Stofftiere, die nun auch beinahe zwölf Jahre alt waren, hatte er nebeneinander am Fußende aufgestellt. Er hätte sich längst von ihnen trennen sollen. Peinlich, andere Jungen in seinem Alter sammelten längst andere Dinge, aber allein der Gedanke, sie wegzutun, brachte Rudi zum Weinen. Für ihn hatten sie eine Seele, daran glaubte er fest. Jetzt aber hatte er das Gefühl, daß die vertrauten Tiere ihn nicht mehr kennen wollten. Ihre Gesichter erschienen ihm fremd und verändert.

Wäre ich doch wie Björn, dachte Rudi im dunklen Zimmer. Björn war groß, stark und durchschaute alles gleich. Dabei kannte er nicht mal seinen Vater, und obwohl er lockige schwarze Haare hatte und braune Augen, hatte ihm seine Mutter einen »blonden« schwedischen Namen gegeben. »Björn«! Hieß das vielleicht, daß sie ihn eigentlich auch gerne anders hätte? Aber warum?

Plötzlich hörte Rudi ein Klopfen an der Fensterscheibe. Das Fenster konnte man leicht erreichen, denn das Haus, in dem Rudi wohnte, war klein. Allerdings war es schwer zu finden, weil ungefähr noch einmal dreißig solcher Häuser dicht nebeneinander standen.

Rudi lag unter der Bettdecke und starrte auf die Tapete mit den bunten Segelbooten. Wieso eigentlich

Segelboote? Ihm wurde immer schlecht auf Schiffen.

Bitte laß es nicht Björn sein! sagte er sich, während er aus dem Bett kletterte. Der kam manchmal vorbei und versuchte Rudi zu irgendwelchen Streichen zu überreden.

Doch vor dem Fenster, vom Mond unwirklich beleuchtet, stand der Bettler im Vorgarten. Er trug denselben Mantel, aber beide Arme waren deutlich in den Ärmeln zu erkennen. Er deutete an, daß Rudi das Fenster öffnen sollte.

Rudi zögerte erst ein wenig. Vielleicht war nun die Gelegenheit gekommen, das Geld zurückzufordern.

»Ha-hallo …«, stammelte er und spürte, wie Hitze in seine Wangen schoß und ihm der Mund so trocken wurde, daß er die nächsten Worte kaum hervorbringen konnte. »Sie sind …«

»Der Herzensbrecher!«

»Wie bitte?«

»Also, ich heiße Rudolpho Valentino.« Der Bettler machte eine altmodische Verbeugung und zog seinen Hut.

»Sie sind doch der Bettler, dem ich …?«

»Das war doch nur eine Rolle, die ich gespielt habe. Ich bin … Ich meine, ich war Filmschauspieler. In Hollywood gehörte ich seinerzeit zu den Stars der Leinwand. Dabei spielte ich die Herzensbrecher.« Er lachte, und seine Zähne blitzten weiß im Mondlicht.

»Dann waren alle Mädchen in Sie verliebt?« Rudi wurde ein wenig neidisch.

»Ja, aber letztlich nur in die Rolle, die ich gespielt habe.« Der Mann machte ein paar tänzelnde Schritte und pflückte galant eine von Ramonas Rosen.

Da fiel Rudi seine Mutter wieder ein. »Würden Sie mir bitte mein Geld wiedergeben? Meine Mutter denkt, ich kann nicht mit Geld umgehen.«

»Warum denn? Das Geld ist doch gut angelegt.« Der Bettler wirkte echt überrascht.

»Angelegt? Wie meinen Sie das?«

»Überlege doch mal: Du heißt ähnlich wie ich, Rudi Valentin. In jedem Namen ist ein Schlüssel verborgen, den du nur drehen mußt. Hin und her, bis du die Bedeutung verstehst. Zum Beispiel: Valentin, Valentinstag. Geschenke der Liebe von Herz zu Herz.« Der Bettler drehte sich und preßte die Rose an sein Herz. Wieso hörte Rudi plötzlich Geigen?

»Ja, genau«, fuhr der Mann fort. »Von Herz zu Herz, denn als du mir deinen Euro geschenkt hast, hast du auf dein Herz gehört, nicht auf deinen Verstand. Dafür wirst du belohnt werden.«

»Wie denn?« Rudi kniff sich heimlich, daß es weh tat.

»Paß auf, was passiert! Fang!« Lachend warf der Bettler ihm die Rose zu.

Rudi fing die Rose, aber er war verwirrt und traute sich nicht weiterzufragen. Der seltsame Mann drehte sich um, so daß sein Mantel rauschte. Er tippte lässig an seinen Hut und wollte sich abwenden, um zu gehen.

»Hast du auch das Herz von Ramona, meiner Mutter, gebrochen?« rief Rudi und wußte nicht, warum ihm das jetzt in den Sinn gekommen war.

Da blieb der Mann, der sich Rudolpho nannte, stehen und blickte über seine Schulter. Sein Gesicht wirkte nun jung und auf altmodische Weise schön. Das dunkle Haar glänzte im Mondlicht bläulich schwarz. In seinen Augen, unter den scheinbar aufgemalten Augenbrauen lag Wehmut.

»Mit dem Herzen deiner Mutter habe ich wirklich nichts zu tun. Das liegt lang zurück. Und diese Sache mit dem Herzenbrechen ist eigentlich eine sehr traurige Beschäftigung. Denn schließlich ist da immer jemand, dem das Herz gebrochen wurde. Ich bin wegen deines Herzens gekommen.«

»Wegen meines Herzens?« fragte Rudi.

»Dein Herz ist jung und voller Schmerzen. Du mußt lernen, darauf achtzugeben.«

»Ja, es ist schlimm. Dauernd muß ich weinen.« Rudi fühlte sich so erkannt und verstanden wie noch nie zuvor.

»Das Schlimmste ist nicht selten das Beste. Ein vermeintlicher Fehler ist oft das Schönste und Einzigartige an einem Menschen.«

»Das Heulen soll toll sein?« Rudi konnte es einfach nicht glauben.

»Quäle dich nicht. Erkenne die, die dich lieben wollen, wie du bist! Es gibt diese Menschen! Weise sie nicht ab aus Angst, selbst abgewiesen zu werden. Nimm dich an! Oder fehlt dir etwa der Mut, ein kleines Experiment zu wagen?« Der Bettler schaute Rudi tief in die Augen.

»Was für ein Experiment?«

»Du bist das Experiment – dein Leben!«

»Ich weiß nicht ...«

»Wenn du schon alles wüßtest, wäre es ja kein Experiment mehr. Laß dich einfach überraschen!« Mit diesen Worten drehte der Mann sich um und verschwand in der Nacht.

Rudi kroch verwirrt wieder in sein Bett. Er glaubte zu sehen, daß seine Stofftiere hämisch grinsten, und schloß die Augen. Flüsterten sie? »Rudi Rindvieh, Rudi Rundlich, Rudi reingefallen, reingefallen ...«

Wütend warf Rudi seine Stofftiere aus dem Bett. Alle bis auf einen kleinen Stoffhund, den er seit seiner Geburt besaß. Den drückte er sich aufs Gesicht. Danach herrschte Ruhe in seinem Kopf.

Am Morgen, nachdem Ramona ihn geweckt hatte, fiel ihm der Traum der letzten Nacht ein. So etwas Merkwürdiges hatte er noch nie geträumt! Es war kalt im Zimmer. Die karierten Vorhänge wehten im Wind, der durch das geöffnete Fenster drang. Moment – weit geöffnet? Eine Rose lag auf dem Teppich.

»So!« sagte Ramona und schloß das Fenster. »Heute nach der Schule gehst du dahin, wo du gestern den Betrüger getroffen hast, und forderst dein Geld zurück. Und komm mir nachher nicht mit irgendwelchen Ausreden oder erfundenen Geschichten.« Sie rauschte aus dem Zimmer. Die Rose hatte sie gar nicht bemerkt.

Rudi blieb liegen. Er fragte sich, ob er vielleicht gelähmt wäre und ob seine Mutter ihm das abnehmen würde. Dann müßte er nicht aufstehen und zur Schule gehen. Er hatte Angst vor dem, was der Bettler, nein, der Herzensbrecher ihm gesagt hatte. Er hatte keine Lust auf die versprochene Überraschung.

Seine Mutter aber schickte ihn, trotz Lähmung, ins Bad.

»Los, Rudi, wasch dich! Zieh dich an! Du kommst zu spät!«

Rudi stand vor dem Waschbecken und betrachtete sich im Spiegel. Er sah im Spiegel immer noch denselben Rudi, trotz der merkwürdigen nächtlichen Begegnung.

Oder war es doch nur ein Traum gewesen? fragte er sich erneut. Sein Gesicht im Spiegel sah ratlos aus, und es gefiel ihm auch nicht. Sein Haar war viel zu fettig und sein Gesicht blaß und rund wie der Mond.

»Ru-di!« rief Ramona.

Er konnte sich nicht bewegen.

»Ru-di-!« Sie klang schon sehr ungeduldig.

Rudi sah im Spiegel, wie seine Unterlippe zitterte.

»Ru-hu-di!« Die Kaffeetasse klirrte auf die Untertasse. Gleich würde seine Mutter kommen und ihn zur Schule scheuchen.

Rudi sah plötzlich alles rot. Mit den Händen hielt er sich am Waschbecken fest, weil ein Weinkrampf in ihm hochstieg.

Klack-klack-klack machten die Absätze seiner Mutter auf dem Dielenboden. O nein, sie kam den Flur herunter.

Klack-klack machte es im Waschbecken. Was war das, das da ins Waschbecken fiel?

Klack-klack-klack! Die Absätze seiner Mutter?

Klack-klack! Tränen, die auf Porzellan fielen?

»Rudi! Was ist denn da schon wieder los!« Ramona stand in der Tür.

Rudi konnte sie nicht erkennen. Alles war rot um ihn herum, aber er hörte seine Mutter mit plötzlich verändertem Ton sanft zu ihm sprechen.

»Rudi«, säuselte sie, »warum weinst du? – Oh, was ist das?« Sie stand nun dicht hinter ihm. Mit der rechten Hand schob sie ihn beiseite, und mit der linken

griff sie in das Waschbecken. »Wie wunderbar!« hauchte sie.

Rudis Tränen lagen glitzernd im Waschbecken, wundersam erstarrt, geschliffene Edelsteine. Rote Rubine?

»Ich muß zu deinem Vater ins Studio«, sagte seine Mutter, »habe ich ihm versprochen.« Sie lächelte, aber irgendwie hatte Rudi das Gefühl, daß sie ihn anschwindelte. Die roten Steine, die er geweint hatte, hatten sie ganz konfus gemacht. Vorsichtig hatte sie die Rubine aufgehoben und in Papier eingewickelt. »Doch du bleibst am besten zu Hause und ruhst dich aus! Ich hoffe nicht, daß du krank bist.«

Rudi kam sich nicht krank vor. Auch nicht verändert. Seine Mutter jedoch schien verändert. Sie schickte ihn nicht in die Schule und wirkte glücklich – und verwirrt.

»Wenn du Hunger hast, machst du dir am besten ein paar Pfannkuchen.« Sie stellte in der Küche eine Pfanne auf den Herd und nahm eine gelbe Plastikflasche aus dem Kühlschrank, auf der stand: *Eierkuchen flüssig, einfach genial, einfach gemacht, einfach lecker!*

Dann war Ramona durch die Tür, nicht ohne ihm jedoch einen Kuß auf die Stirn zu drücken.

Rudi hatte tatsächlich Hunger, als wäre es anstrengend, rote Rubine zu weinen. Doch als er die Flasche nahm und draufdrückte, kam nichts. Sie war *einfach leer!*

Rudi seufzte. Sollte er versuchen, einen echten Eierpfannkuchen zu machen? Immerhin hatte er grade scheinbar Edelsteine geweint. Was war dagegen ein einfacher Pfannkuchen? Er stand am Küchentisch und überlegte, was er tun sollte. Zuerst schlug er ein paar Eier in eine Schüssel, dann gab er Mehl dazu und rührte mit einem Schneebesen darin herum, wobei ein dicker Klumpen entstand. Und jetzt? Was kam als nächstes?

Jemand klopfte ans Küchenfenster. Rudi schaute hoch, den verklebten Schneebesen in der Hand. Hinter der Fensterscheibe erkannte er das grinsende Gesicht von Björn. Der Klumpen löste sich und fiel mit einem fetten Plumps in die Schüssel.

»Brauchst du Hilfe?« formulierten Björns Lippen.

Rudi ließ den Schneebesen in die Schüssel fallen und ging zum Fenster. Eine Sekunde lang hoffte er, die Scheibe wäre undurchsichtig. Denn wieder einmal fühlte er sich bei einer Ungeschicklichkeit ertappt.

Björn schien ebenfalls die Schule zu schwänzen.

Rudi öffnete das Fenster. »Wie geht's? Bist du nicht in der Schule?« fragte er unsicher.

»Mann, du Intelligenzbestie, wenn ich hier bin, kann ich schlecht in der Schule sein!« antwortete Björn, und Rudi kam sich wieder einmal dumm vor. Björn grinste: »Oh, hast du dich schick gemacht für mich? Wär doch nicht nötig gewesen!«

Rudi schaute an seiner Schlafanzughose herunter. Er sah kleine hellblaue und orangefarbene Teddybärenfiguren auf weißem Flanell und errötete. Wie konnte Ramona ihm das antun? fragte er sich. Wie ein Riesenbaby sah er aus!

»Hast wohl keine Lust auf Schule, Rudi? Bist du deshalb zu Hause?«

Rudi antwortete nicht. Was sollte er Björn erzählen? Daß er rote Rubine geweint hatte?

»Komm, laß mich rein!« Mit diesen Worten sprang Björn sportlich, wie er war, durch das Fenster. »Eierkuchen sollten das wohl werden? Cool, gute Idee. Ich hab auch Hunger!«

Rudi fühlte sich wie immer von Björn völlig überrumpelt.

»Gib die Eier her!« forderte Björn. »Wir machen Crêpes! So nennt man Eierkuchen in Fachkreisen!«

Rudi reichte Björn den Karton mit den Eiern. Schnell, wie ein echter Koch, schlug Björn ein Ei nach dem anderem am Rand der Schüssel auf und ließ sie in die Schüssel gleiten. Mit dem Schneebesen rührte er alles kurz durcheinander.

»Gib mal Mehl und Milch! Und vielleicht ein Löffelchen Zucker, eine Messerspitze Salz? Oder magst du's lieber sauer, Rudi Rollmops?« Björn schien in seinem Element zu sein.

»Woher kannst du das?« fragte Rudi bewundernd.

»Oh, ich schaue immer den Köchen im Fernsehen zu. Und einer muß ja zu Hause kochen. Nur mit den Mengen hapert es bei mir. Nun gib schon das Mehl her! Beim Kochen mußte fix sein!«

Gehorsam reichte Rudi die Mehltüte und die Milch. Björn kippte alles zusammen, bis die Schüssel randvoll war.

»Die Schüssel ist zu klein. Bin ich hier in einer Puppenküche?«

Rudi holte eine Salatschüssel. Mit Schwung füllte Björn den Inhalt der einen in die andere Schüssel. Mehl staubte hoch und überpuderte alles. Björn rührte wild in der Schüssel. Er schien richtig Spaß zu haben.

Rudi fühlte sich nicht wohl und sagte: »Ich hab gar keinen Hunger mehr, Björn.«

»Ach was, Dicker! Reich mir mal die Pfanne!«

Rudi gab ihm die Bratpfanne. Björn schüttete Öl hinein und schwenkte die Pfanne auf der Gasflamme hin und her. Dann kippte er über den Rand der Schüssel eine Portion Eierkuchenteig. Es zischte und qualmte, und der Teig wölbte sich. Björn nahm den Pfannenstiel in beide Hände und warf den Eierkuchen in die Luft, doch der landete auf dem Fußboden.

»Der erste geht immer daneben!« Björn lachte.

Rudi zog den Eierkuchen vorsichtig mit den Fingern auf einen Teller. »Der ist auf einer Seite ja ganz schwarz!« sagte er.

»Hab dich nicht so, Rudi. Da, fang! Es kommt schon der nächste geflogen!«

»Au!« quietschte Rudi, denn der heiße, fettige Fladen landete auf seinem Handrücken.

»Schling nicht so, Rudi!« sagte Björn, der nicht auf Rudi, sondern in die Pfanne schaute.

»Ich hab doch noch gar nicht probiert …«

»Dann beeile dich! Hier kommt schon der dritte! Her mit dem Teller!« Rudi reichte Björn seinen Teller, auf dem schon zwei Eierkuchen lagen. Sie sahen nicht besonders appetitlich aus, und Björn schien das zu bemerken. »Die Pfanne ist Mist, hier wird wohl nicht allzuviel gekocht?« Er schaute einem fliegenden Eierkuchen hinterher, der schräg über der Deckenlampe hängenblieb.

»Björn, paß doch auf! Du bist wirklich ein mieser Koch!«

»He, ich lerne noch. Mach's besser, Rudi. Außerdem muß ich jetzt gehen. Gleich ist große Pause, und Apple wartet auf mich.«

Dann stieg er wieder durch das Fenster und sprang hinaus, ohne sich noch einmal umzudrehen.

Rudi blickte sich in der Küche um. Wie auf einem Schlachtfeld sah es aus, alles war schmutzig und voller Mehl, und der Pfannenkuchen klebte noch immer an der Deckenlampe. Björn hatte ihn wieder zum Narren gehalten. Rudi spürte, wie sein Kinn zu beben begann. Dann fiel eine dicke rubinrote Träne in die

Schüssel mit dem Eierkuchenteig. Dann noch eine und noch eine ... Um Rudi wurde wieder alles rot, und es war beinahe, als könnte er nicht mehr aufhören, Rubine zu weinen.

Da klopfte es wieder an die Fensterscheibe.

3.
Die Immerlächelnde

Ramona wußte nicht, was sie tun sollte. Rudis Tränen, die sonst immer so unpassend waren oder sie hilflos machten, hatten sich plötzlich in Edelsteine verwandelt. Mit Jürgen, ihrem Mann, konnte sie nicht darüber sprechen. Er saß wie immer über seiner Gitarre, weil er glaubte, einen neuen Hit im Kopf zu haben. Sie wollte auch nicht darüber sprechen. Man würde sie schlicht für verrückt halten.

Kreuz und quer fuhr sie durch die Stadt, auch wenn ihr nicht wohl dabei war, Rudi allein zu Haus zu wissen. An einer Ampel fiel ihr Blick auf eine Zeitung, irgendein billiges Anzeigenblatt, das Jürgen wohl auf dem Beifahrersitz liegenlassen hatte. Sie jedenfalls hatte die Zeitung da nicht hingelegt.

Schmuck und Juwelen. An- und Verkauf – Schätzungen kostenlos vom Fachmann, las sie da. Darunter stand kleingedruckt der Name des Geschäftsinhabers und die Adresse des Geschäfts.

Als die Ampel auf Grün sprang, begannen die Autos hinter ihr zu hupen. Ramona gab Gas und fuhr los.

Die Passage kannte sie, jedoch nicht das Geschäft. In einem kleinen, dunklen Schaufenster entdeckte sie ein paar Uhren, Schmuck und Silberbestecke. An der Fensterscheibe stand in goldenen Buchstaben:

An- und Verkauf.
Gold und Silber.
Inhaber: Adul Kerim-Daimagüler.
Schätzungen gratis.

Ramona öffnete eine Tür, die sich anfühlte, als wäre sie lange nicht mehr geöffnet worden, und trat ein. Im Halbdunkel erkannte sie enge Gänge zwischen unzähligen Regalen und Vitrinen. Vasen waren da zu sehen, Lampen, Döschen aus Silber, alte Messer, Dolche und Säbel. Alles war ein bißchen verstaubt und sah vergessen aus.

Plötzlich erschrak sie, denn halb verdeckt von einer Glasvitrine saß eine kleine Frau auf einem Stuhl, mit dem Rücken zum Fenster. Im Gegenlicht, das von draußen hereinfiel, konnte Ramona nur einen Umriß wahrnehmen.

»Haben Sie einen Wunsch, bitte?« sprach der Schatten, seltsam abgehackt.

»Ich möchte ein paar Edelsteine schätzen lassen und vielleicht verkaufen.« Ramona blinzelte, um den Jemand besser sehen zu können.

»Ja – ich weiß«, antwortete die Frau. Sie stand auf und trat hinter den Ladentisch. Sie war klein und schwarzhaarig und blickte Ramona aus dunklen Augen an. »Sie wollen etwas verkaufen? Dann sollte ich die Steine vielleicht sehen, nicht wahr?«

»Ach, ja!« Ramona lachte verlegen und kramte die Rubine aus ihrer Handtasche hervor. »Bitte, das sind sie!«

»Oh, das sind sehr schöne Rubine, rot wie Herzblut. Ich werde sie für Sie wiegen.«

»Wiegen? Was kostet denn so ein Pfund?« Ramona dachte kurz daran, wie oft Rudi weinte, und sah Berge von Rubinen vor ihrem geistigen Auge.

»Nein, sie werden nicht in Pfund gewogen. Das wäre unbezahlbar!« Die Frau lachte ein warmes Lachen. »Man wiegt in Karat, wie bei Diamanten und

Gold. Dafür nimmt man eine ganz feine Waage, so fein, daß man darauf die Schwere oder Leichtigkeit eines Herzens wiegen könnte.«

»Das kann man?« Wie viele Karat mochte so ein Herz haben? dachte Ramona.

»Das war nur ein kleiner Scherz, Frau ...?«

»Ramona Valentin.«

»Ja, also Frau Valentin, die Steine sind sicher echt, und sie sind auch sehr wertvoll. Diese Steine kann ich nicht kaufen! Aber vielleicht gibt es jemanden, der sie eintauschen kann?«

»Tauschen gegen was und mit wem?«

»Vielleicht läßt sich jemand darauf ein. Wir haben nicht soviel Geld, um solche Kostbarkeiten zu kaufen. Ich bin mit meiner Tochter erst seit kurzem hier, um den Laden zu führen. Wissen Sie, der Name Daimagüler bedeutet ›die Immerlächelnde‹. Ist schon komisch bei all den Sorgen, die wir haben. Aber in jedem Namen steckt eine Botschaft drin. Wir sind in einer schwierigen Lage, nicht nur finanziell.« Die Frau schien wirklich immer zu lächeln. Nun allerdings war es ein entschuldigendes Lächeln. »Ich habe das Geschäft von meinem Vater übernommen. Er ist in die Türkei zurückgegangen. Und ich habe noch nicht so viel verkauft, als daß ich etwas so Kostbares kaufen könnte.«

»Das ist ja dumm!«

»Nicht dumm, eher schade, aber überlegen Sie doch, ob Sie die Steine nicht tauschen können. Gegen etwas, das Sie sich wünschen und jemand anders nicht mehr braucht?« Die Frau lächelte nun zuversichtlich.

»Tauschen? Ich weiß gar nicht, ob ich diese Steine tauschen oder verkaufen darf. Aber sehen Sie, mein Mann versucht einen neuen Hit zu schreiben, doch bis dahin könnten wir ein wenig mehr Geld schon gebrauchen.« Daß sie sich selbst seit langem schon ein paar neue Kleider wünschte, wagte Ramona gar nicht zu erwähnen.

»Es gibt Schlimmeres, als nicht genug Geld zu haben. Sie sind doch gesund, oder?«

Ramona nickte. »Sicher, trotzdem ist es manchmal schwer, zurechtzukommen.«

»Ja, gewiß.« Die Frau lächelte traurig. »Ich weiß nicht, wie ich das Leben meiner kleinen Tochter Dilara retten soll. Sie ist erst zwölf Jahre alt.«

»So alt wie mein Kind …«

»Dilara ist meistens zu Haus. Sie hat einen Herzfehler und verträgt nicht die kleinste Aufregung.« Zum ersten Mal lächelte die kleine Frau nicht mehr.

»Ja, mein Sohn ist auch sehr empfindlich. Heute durfte er auch zu Hause bleiben.«

»Ist er auch krank?« Die Frau schaute Ramona mitleidig an.

Ramona dachte an die Tränen und wie sie als Rubine in das Waschbecken gefallen waren, und sie sagte, ohne es zu merken: »Nein, er hat geweint.«

»Vielleicht ist Ihr Junge einsam, genau wie meine Tochter. Vielleicht kann er sie einmal besuchen. Wie ist sein Name?« In dem Lächeln der fremden Frau lag ein Hoffnungsschimmer.

»Er heißt Rudi, aber könnten Sie mir doch etwas genauer sagen, wieviel meine Rubine wert sind? Ich meine, was ich für sie verlangen könnte?« Ramona hatte das Gefühl, daß die Frau sie mehr und mehr durchschaute.

»Mindestens ein paar tausend.«

»Ach ja? Haben Sie vielen Dank!« Ramona verließ hastig den dunklen, seltsamen Laden. Nun, nach dem Gespräch mit der Frau, war sie noch verwirrter als zuvor.

4.
Der Eierkuchen

Das neuerliche Klopfen am Fenster riß Rudi aus seinen Gedanken. Eben noch hatte er sich vorgestellt, ob nicht ein verheerender Küchenbrand, ausgelöst durch einen Kurzschluß, die beste Lösung wäre, das Chaos, das Björn verursacht hatte, zu vertuschen.

Der Bettler stand da. Beinahe vertraut erschien er Rudi, wie er mit dem Lächeln eines Verschwörers im Fensterrahmen auftauchte.

»Hallo!« sagte Rudi am Herd stehend.

Der Bettler malte mit dem Zeigefinger ein großes Fragezeichen an die Glasscheibe. Das Fragezeichen leuchtete kurz auf und verschwand wieder.

»Wie haben Sie das gemacht?« fragte Rudi, während er das Fenster öffnete.

»Manche Dinge kann man eben. Warum also danach fragen?« Der Bettler zog den Hut und machte eine Verbeugung wie die Leute im Theater. »Ich hab dich nur fragen wollen, ob du mit mir reden willst.«

»Aber ja!« rief Rudi. Dann sah er wieder in die Küche und seufzte. »Doch eigentlich paßt es mir gerade nicht.«

»Ja, ich sehe, daß du sehr beschäftigt bist. Viele Fragen und keine Antworten. Ich komme also doch sehr gelegen. Findest du nicht?« Der Mann lächelte wissend.

»Mein Freund Björn hat Eierkuchen gebacken.« Das Wort »Freund« stieß Rudi mit einem Schnauben aus.

»Fliegende Eierkuchen – habe ich gesehen.«

Rudi schaute zu dem Eierkuchen hoch, der immer noch an der Küchenlampe hing, und errötete.

»Gibst du mir einen ab?« fragte der Mann und klatschte. Wie von selbst löste sich der Eierkuchen von der Lampe und fiel direkt in seine Hände. »Danke, Rudi! Oh, der ist aber sehr lecker.« Der Bettler hatte herzhaft hineingebissen.

Rudi verstand nicht, was er da mit angesehen hatte. Die Ereignisse überstürzten sich offenbar. Gestern war er noch dieser dicke heulende Junge gewesen … Heute nun heulte er rote Steine, und ein Zauberer –

denn was sollte dieser merkwürdige Mann sonst sein? – schien sein Freund zu werden.

»Ist etwas nicht in Ordnung?« fragte der Bettler. Lässig lehnte er am Fensterrahmen und aß genüßlich den Eierkuchen.

»Nein, nein ... alles okay«, erwiderte Rudi unsicher.

»Verstehst du, Rudi? Ich nehme etwas, und du bekommst dafür etwas. Das gehört sich doch so unter Freunden, nicht wahr?«

»Ja, wirklich? Aber ich habe doch gar nichts zu geben. Eigentlich weiß ich gar nicht, wer Sie wirklich sind ...« Rudi hatte gedacht, daß man, wenn man sich Freunde nannte, einander kennen müßte.

»Ja, mein Junge, die allermeisten Menschen wissen nicht, wer sie eigentlich sind und was sie zu geben haben. Nur wenige finden es irgendwann heraus. Aber ich sollte dir vielleicht doch sagen, wer ich bin. Ja, ich spüre, daß du das brauchst, um mir vertrauen zu können.«

Der Bettler machte eine Pause und schaute Rudi an. Plötzlich meinte Rudi zu sehen, wie unterschiedliche Gesichter über das Gesicht seines Gegenübers huschten – wie Projektionen verschiedener Lichtbilder. Mal war das Gesicht dunkel, dann blaß, mal jung, mal alt, mal ernst, dann heiter. Rudi blinzelte. Irgendwann war dieses Schauspiel vorbei.

Vielleicht, überlegte Rudi, macht der Bettler beim Kauen solche Gesichter. Den Eierkuchen hatte er genüßlich verspeist.

»Also«, begann der seltsame Mann von neuem, »ich bin immer der, den du gerade siehst. Und das ist jedesmal der, der ich gerade sein will. Du kannst mich Bettler, König oder Magier nennen. In der einen Sprache nennt man mich Schamane, in der anderen Scharlatan. Ich bin der Geist aus der Flasche, in die mich aber niemand zurückschicken kann, denn ich habe keinen Meister. Ich bin mein eigener Herr. Ich bin frei!«

Während seiner Ausführung hatte er sich gedreht und getanzt. Beim letzten Satz machte er einen Salto und kam sicher auf einem Bein zum Stehen. Es ging so schnell, daß Rudi erst jetzt bemerkte, daß er nicht geatmet hatte.

»Was?« staunte Rudi und verschluckte sich fast. »Flaschengeister gibt es doch nur im Märchen!«

»Märchen, Wahrheiten, Lügen, Dichtung, Poesie, Einbildung – wer hat da schon den Überblick? Ich für meinen Teil existiere. Doch, es gibt uns, gute Geister, Zauberer. Es gibt diejenigen, die gern in einer Flasche hocken. Zugekorkt warten sie darauf, daß ihr Meister sie herausläßt. Dann machen sie, was er ihnen befiehlt, und sind froh, wenn sie wieder in die Flasche zurückkehren, wo sie sich wohl und sicher fühlen. Ich aber brauche keine Flasche. Ich komme und gehe, wann und wohin ich will. Das ist manchmal gefährlich, doch viel spannender.«

»Und warum sind Sie jetzt gekommen?« Rudi war aufgeregt und gleichzeitig ängstlich. Geister blieben Geister, ob sie nun gut oder böse waren.

»Wir können auch ›du‹ zueinander sagen.« Der Mann nahm wieder seinen Hut ab und beugte sich zu Rudi herunter. Er hatte plötzlich in einem verführerischen Tonfall gesprochen.

»Du? Wie soll ich dich denn nun nennen?« Rudi war sich immer noch nicht im klaren, wen er da vor sich hatte. Irgend etwas schien dieser Geist ohne Flasche mit seinen Verwirrungen zu bezwecken.

»Namen, Namen … Nenne mich, wie du willst! Wie du es brauchst! Nenne mich Rudolpho, nenne mich Adul Kerim – das klingt mehr nach Dschinn. Oder Hampelmann. Soll ich den mal machen?«

Im Nu zog der Mann vor dem Fenster ein Haar mitten auf seinem Kopf lang und hing an diesem einen Haar in der Luft. Dabei winkelte er die Beine, die plötzlich in komischen Pluderhosen steckten, seitwärts hoch, wie ein hüpfender Frosch. Dann ließ er das Haar los, schlug mit ausgestreckten Armen hoch und runter und landete sanft wieder auf den Füßen.

»Das war toll!« rief der staunende Rudi.

»Ja, toll und albern«, antwortete der Mann. Er rückte noch näher heran und flüsterte: »Das Wichtigste habe ich vergessen: Rudi, du erzählst besser nichts von unserer Freundschaft, jedenfalls noch nicht. Erst später, wenn du zurückgekommen bist.«

»Zurückgekommen? Wo soll ich denn hin?« Auf einmal hatte Rudi doch richtig Angst.

»Das war, was ich dich fragen wollte. Deswegen bin ich doch hergekommen. Du hast mich nämlich gerufen.«

»Ich habe dich gerufen?«

»Ja, du wolltest dich doch verändern. Du hast dir selbst geschworen, daß du dich ändern wirst. Und da war kein Zweifel in deinem Schwur, sondern nur echtes, tief empfundenes Leid und der innigste Wunsch, dich und damit dein Leben zu ändern. Was ich dir anbieten kann, ist ein Weg. Und da habe ich gedacht, vielleicht sollte ich dich auf eine Reise einladen. Es ist immer gut, wenn man den Weg mit einer Reise verbindet, wenn man mal aus seiner Flasche herauskommt.«

»Aus meiner Flasche?« Eben noch dachte Rudi, etwas verstanden zu haben.

»Ja, deiner Flasche. Da, wo du bisher gehockt und gelitten hast, doch gleichzeitig bot sie dir auch Schutz. Erinnere dich: Rudi Rundlich, Rudi Ratlos … Schluß jetzt mit Rudi Mutlos! Der Druck war zu groß und die Flasche zu klein.«

»Ja, das verstehe ich … Immer habe ich weinen müssen, doch das hat nichts geändert. Das ist nur blöd.«

»Es kommt darauf an, wie man es sieht. Deine Schwäche kann auch deine Stärke sein, aber ich wiederhole mich. Laß uns anfangen …« Der Geist oder Bettler oder wer auch immer dieser Mann war, rieb sich die Hände. Mit einer galanten Geste warf er seinen Hut auf den Boden. »Mal sehen, was wir hier haben … Ach ja, gute Idee! Backe noch einen letzten Eierkuchen und laß dabei kein bißchen Teig übrig.

Dann nimmst du ihn und hebst ihn an einem sicheren Ort auf. Du wirst ihn noch brauchen, wenn du auf die Reise gehst. Als Proviant, weißt du?«

»Der Eierkuchen ist dann aber nicht mehr gut, bis die Ferien angefangen haben.« Rudi ärgerte sich, daß er in so einem Moment an solche Sachen dachte, doch er konnte nun mal nicht anders. Auch Wunder brauchten ihre Zeit, um zu wirken.

»Na, er ist dann vielleicht ein wenig trocken, aber das ist gerade gut, dann hält er sich länger. Ich meine, so lange, bis du ihn tauschen kannst.« Der Mann wurde anscheinend nie ungeduldig.

»Tauschen? Einen alten Eierkuchen? Gegen was denn?«

»Ja, weißt du, die meisten Menschen glauben, daß sie nur mit Geld etwas oder sogar fast alles kaufen können. In Wahrheit können sie aber nur tauschen.«

»Das verstehe ich nicht!« War er tatsächlich zu dumm? Oder sprach der Mann absichtlich immer in Rätseln?

»Ich kann es dir jetzt nicht erklären. Es wird auch Zeit, daß du den Schlafanzug ausziehst und die Küche saubermachst. Deine Mutter …«

»Ich kapiere nichts mehr. Wer bist du denn, und

wohin reisen wir, und wieso tauschen …?« Rudi sah alles in Rot und fühlte, wie ihm die Tränen kamen.

»Rudi, heb dir deine Tränen auf!« sagte der Mann, der sich mal Rudolpho, mal Adul nannte. »Mach dir nicht so viele Sorgen! Weißt du denn nicht, daß deine Tränen etwas Kostbares sind? Warte einfach, ich komme bald wieder.«

Der Mann strich ihm über die Wange, und die Tränen verschwanden. Rudi fühlte sich ganz leicht und lächelte. Wie lange hatte er nicht mehr gelächelt! Erschreckt stellte er fest, daß er sich nicht mehr erinnern konnte.

Wie von selbst schlug das Küchenfenster zu. Das Mehl, das eben noch auf dem Boden gelegen hatte, wirbelte auf, und zu Rudis Erstaunen fiel es nicht wieder zu Boden, sondern rauschte, wie durch einen Luftzug gelenkt, direkt zurück in die offene Tüte.

Als die Luft wieder klar war, blitzte die Küche wie frisch geputzt.

Wunderbar, dachte Rudi und lief zum Fenster, um sich zu bedanken, doch der Mann war verschwunden.

»Danke!« rief er trotzdem, weil er dachte, daß er ihn sicher hören konnte.

Er schloß das Fenster wieder und ging zurück zum

Herd. Ohne nachzudenken, kippte er den Eierkuchenteig mit den Rubinen in die Pfanne und beobachtete, wie der letzte Eierkuchen seine Form annahm.

Dann nahm er den fertigen Eierkuchen heraus, wickelte ihn in Küchenpapier und trug ihn in sein Zimmer. Rudi überlegte, wo er den Eierkuchen aufbewahren sollte. Schließlich legte er ihn zwischen zwei alte Märchenbücher, die er unter seinem Bett versteckt hatte. Irgendwie kam ihm das logisch vor.

PINK

5. Ramona und der Traum von Pink

Als Ramona wieder in ihrem Wagen saß, hatte sie das Gefühl, als sähe sie sich selbst in einem Dokudrama im Fernsehen. Alles schien wirklich und unwirklich zugleich.

Am liebsten wäre sie zu Jürgen gefahren und hätte ihm erzählt, wieviel die Steine angeblich wert waren, aber wahrscheinlich hätte er sie nur ausgelacht. Und wenn er wirklich dabei war, ein neues Lied zu komponieren, wäre er sogar noch wütend geworden, daß sie ihn störte. Aber was sollte sie mit den Rubinen anfangen? Sie konnte schlecht in einen Laden gehen und sagen: »Guten Tag, ich möchte ein paar neue Kleider, und ich bezahle sie mit den Edelsteinen, die mein zwölfjähriger Sohn heute morgen geweint hat. Eine kleine türkische Frau hat mir verraten, daß sie ein Vermögen wert sind.«

Ziellos steuerte sie ihren Wagen durch die Stadt. Dann sah sie das Schild, und ihr fiel ein, wo sie am besten über Rudi und seine Rubine nachdenken konnte.

Coiffeur stand groß und grell über der Tür. Ramona ärgerte sich zwar meistens, wenn einfache Friseure so großspurig auftraten, sich »Coiffeur« nannten und behaupteten, in Paris »Coloratur« studiert zu haben. Trotzdem stieg sie aus.

Der Salon war klein, und im Schaufenster hingen Bilder von angeblich trendigen Frisuren. Kaum hatte sie die Tür hinter sich geschlossen, schwebte ein Mann mit einer Sonnenbrille und Sandalen auf sie zu. Er drückte sie ungefragt auf einen Stuhl und machte dauernd: »Tzz … tzz … tzz!« Dabei wackelte er mit dem Kopf wie eine große weiße Taube.

»Also, da hilft nur eine Haarerneuerung! Wenn Sie wollen, dann machen wir einen ganz neuen Typ aus Ihnen«, sagte er mit einem leichten Akzent, der irgendwie seltsam klang, »Sie werden sich nicht wiedererkennen!«

Ramona lächelte unsicher. »Ja, das würde ich mir manchmal wünschen – ein ganz anderer, neuer Typ zu sein.«

»Kein Problem!« Sanft begann er ihr rötliches, lockiges Haar zu kämmen. »Ich zaubere ein bißchen. Entspannen Sie sich! Ich beginne mit einer türkischen Kopfmassage.« Der Friseur goß ein duftendes Öl auf ihren Kopf und summte eine schöne Melodie, während er ihren Kopf massierte.

Ramona schloß die Augen. Wäre sie eine Katze gewesen, hätte sie nun angefangen zu schnurren, so entspannt fühlte sie sich von einem Moment auf den anderen. Der Friseur war wahrlich ein Meister seiner Kunst. Sie dachte an die Steine. Vielleicht war sie tatsächlich reich, Rudi war ein Wunderkind, der immer wieder Rubine weinte, wenn sie es wollte – und sie konnte sich endlich alles kaufen, was sie sich insgeheim wünschte …

»Pink!« schrien ihre Nachbarinnen Liz Müller, Frau Rilke-Schmalz und Frau Neudecker. Drei Frauen hatten sie umzingelt. Drei Frauen, die so neidisch waren, daß sie alle gleich aussahen.

»Jeder trägt Pink. Pink ist das neue Schwarz – die Farbe der Saison.«

Ramona stand zu ihrer Verwunderung im Wohnzimmer von Frau Neudecker. Alles war hier pinkfarben: Wände, der Teppich, die plüschige Sitzgarnitur, selbst die verspiegelte Glasplatte.

»Kam alles per Katalog. Die Wände sind noch nicht ganz trocken!« Frau Neudecker schnippte mit den Fingerspitzen, als ob sie selbst noch nasse Finger hätte.

»Frau Valentin, ich gratuliere zur neuen Frisur!« Liz Müller kam ganz nah an sie heran. »Ihre Haare sind zwar jetzt schön pink, aber nun Sie sollten auch mehr Pink tragen. Genau wie wir!« Dabei raschelte sie mit einer pinkfarbenen Tasche, die sie in der Hand hielt. Selbst ihre Fingernägel waren in Pink lackiert. »Wenn Sie sehen könnten, was wir alles in unseren Tüten haben! Pullis, Tops, Kleider, Röcke, Hosen. Alles in Pink! Beste Designerstücke, klassisch und modern – und sündhaft teuer.«

Plötzlich hielten auch Frau Neudecker und Frau Rilke-Schmalz pinkfarbene Tüten in der Hand und tänzelten mit verzerrten Gesichtern um sie herum.

»Ich muß eigentlich zu Rudi«, versuchte Ramona einzuwenden. »Er ist allein zu Hause und …«

»Unsinn!« Frau Neudecker kam mit ihrem pinkfarbenen Mund noch ein Stück näher. »Sie brauchen neue Kleider, neue Röcke, neue Pullis …«

»Wenn Sie sich das überhaupt leisten können!« hauchte Liz Müller ihr höhnisch zu.

Ramona mußte plötzlich würgen. Diese Hexen mit ihren perfekten Wohnzimmern, perfekten Kleidern und perfekten Kindern. Ohne zu überlegen, rief sie: »O doch – ich habe ein kleines Vermögen in meiner Handtasche!«

»Ein Vermögen?« Die drei Frauen stießen sie in einen der Plüschsessel und bauten sich vor ihr auf. »Wir wollen Beweise, Beweise ...« Es klang wie eine schreckliche Beschwörungsformel.

Ramona kam sich auf einmal vor wie eine Angeklagte. Frau Rilke-Schmalz holte eine silberne Dose aus ihrer Tasche und steckte sich eine Zigarette an. Dann blies sie ihr den Rauch ins Gesicht. Ramona staunte. Sogar die Zigaretten waren pinkfarben. Sie merkte, daß sie ihre Handtasche ängstlich umklammert hielt.

»Ich habe ein paar Rubine bei mir«, stieß sie aufgeregt hervor. »Aber für die Edelsteine möchte ich all die Sachen haben, die in Ihren Tüten sind.«

Die Frauen kicherten und raschelten wieder mit ihren Tüten. »All unsere pinkfarbenen Pullis, Tops, Kleider, Röcke?«

Ramona nickte. »Alles!« rief sie und merkte, daß auch ihre Stimme einen schrillen Klang angenommen hatte. Dann nahm sie die Steine hervor, die sie sorgfältig in Papier gewickelt hatte.

Irgendwie hatte sie ein schlechtes Gewissen, Rudis Rubine diesen pinkfarbenen Frauen zu überlassen. Aber nein, nun würde sie endlich auch einmal neue, modische Sachen tragen, um die alle anderen sie beneiden würden.

Stolz hielt sie den Frauen den ersten Edelstein hin.

Die drei lachten und kreischten auf. Ramona zuckte zurück. Auch der Rubin war plötzlich pink.

»Voilà!« rief der Friseur und trat mit großer Geste einen Schritt zurück.

Ramona schlug die Augen auf und erblickte sich im Spiegel. Im ersten Moment glaubte sie, ihre Haare wären nun auch pinkfarben. Sie erschrak und blinzelte. Zum Glück irrte sie sich. Offenbar war sie eingeschlafen. Ihre Haare strahlten in einem anderen, kräftigeren Rot.

»Rot steht Ihnen«, sagte der Friseur.

Ramona lächelte unsicher. »Manchmal habe ich geglaubt, ich müßte meine Haare färben. Pinkfarben, zum Beispiel.«

»O nein.« Der Friseur schien entsetzt. Er fuchtelte wild mit den Händen. »Rot ist die schönste Farbe für Sie, rot wie die Morgensonne, wie der Mohn …«

»… wie ein Rubin«, ergänzte Ramona.

Der Friseur verbeugte sich. »Ganz genau, Madame!«

Ramona zahlte. Die Summe war kaum der Rede wert. Sie hatte den Verdacht, daß der Friseur ihr einen Sonderpreis gemacht hatte.

Als sie wieder an ihrem Wagen stand und in den Fenstern überprüfte, ob ihr Haar vielleicht nicht doch eine Spur pinkfarben glänzte, sah sie, wie der Friseur den Laden absperrte und die Jalousien herunterließ, als hätte er nur auf sie, die einzige Kundin seines Tages, gewartet.

6.
Rudi ratlos

Rudi hörte nicht, daß Ramona nach Hause gekommen war. Er saß in seinem Zimmer auf dem Bett und sprach mit seinen Stofftieren. Die Tiere wußten jedoch auch keine Antwort auf seine Fragen. Das nahm er ihnen aber nicht übel. Eigentlich wußte er nicht einmal genau, welche Fragen er stellen sollte. Alles war so merkwürdig anders geworden, seit er den Bettler getroffen hatte. Der seltsame Mann schien aus einer anderen Welt, aus einer anderen Zeit gekommen zu sein. Er war Rudi fremd und zugleich so vertraut wie noch kein Mensch zuvor. Warum war er aufgetaucht? Wollte er alle und alles hier verhexen? Oder war er gekommen, weil alles hier verhext war und er den Zauber brechen wollte?

Der Mann war ein Zauberer, soviel stand für Rudi fest, und wenn er beschreiben könnte, wie er sich fühlte, dann würde er von einer Raupe erzählen, die wußte, daß sie eines Tages ein Schmetterling werden sollte. Aber die Raupe würde eigentlich lieber eine Raupe bleiben ... Wie sollte sie sich das Fliegen vorstellen, wenn sie bisher nur die Angst vor dem Fallen kannte?

Rudi rollte sich von seinem Bett und wollte in die Küche gehen, um etwas zu trinken.

Da sah er Ramona im Wohnzimmer auf der Couch liegen. Sie schlief.

»Mama, was ist mit deinen Haaren passiert?« Er zog an ihrer Hand.

Mit geschlossenen Augen murmelte sie: »Nein, die Sachen nehme ich nicht! Pink ist häßlich!«

Als er noch einmal an ihrer Hand zog, richtete sie sich auf. »O Rudi ...«, sagte sie überrascht. »Ich war plötzlich so müde. Geht es dir gut?«

Rudi nickte. »Deine Haare sind dunkelrot«, sagte er.

»Ja, wie Rubine. Ich war bei einem neuen Friseur, aber gleich muß ich gehen und deinen Vater abholen. Er ist dabei, ein neues Lied zu schreiben.«

»Hast du ihm von meinen seltsamen Tränen erzählt?« Rudi fragte sich, ob sein Vater dann wohl

einmal stolz auf ihn sein würde. Es war ja keine Kleinigkeit, Edelsteine zu weinen, aber vermutlich würde es ihn gar nicht kümmern. Außer für seine Gitarre interessierte sein Vater sich für überhaupt nichts.

»Noch nicht«, sagte Ramona und richtete ihr Haar. »Soll ich es ihm denn sagen?«

»Ich weiß nicht.« Rudi schüttelte den Kopf. »Vielleicht besser nicht.« Er beschloß, für sich zu behalten, daß der Bettler noch einmal gekommen war und die Küche aufgeräumt hatte. Seine Mutter sah auch so schon verwirrt genug aus.

Als am Abend der Schlaf zu Rudi ins Zimmer kam, träumte er von einer dicken Raupe. Die Raupe saß auf einem Zuckerrübenblatt und fraß und fraß. Eigentlich war ihr schon ganz übel, aber sie mußte weiterfressen. Da kam eine Krähe angeflogen. Dicht vor der Raupe sperrte sie ihren Schnabel weit auf und krähte: »Mein Gott, du bist es, Rudi!«

Dann drehte sie ab und flog in die Wolken. Die Raupe Rudi fiel ohnmächtig vom Blatt und zog sich in sich zusammen, bis sie ganz schrumpelig war. Wenig später platzte ihre Haut, und zum Vorschein kam eine braune Puppe. Reglos wie ein Stein lag sie unter der Pflanze.

Tage und Nächte vergingen im Traum. Es regnete, und es war kalt. Eines Morgens aber schien die Sonne. In der Puppe regte sich Leben. Die Puppenhülle dehnte sich und platzte. Mühsam und wie benommen kroch ein Schmetterling hervor. Vorsichtig streckte er die Flügel und die Beinchen aus und krabbelte an der Pflanze hinauf, die inzwischen einen Stiel mit kleinen roten Blüten hervorgebracht hatte. Der Schmetterling rollte seinen Rüssel aus und saugte einen Schluck Blütennektar auf. Plötzlich sah er, daß ein anderer Schmetterling an der nächsten Blüte dasselbe machte.

»Bist du schön«, sagte der Schmetterling

»Du auch«, sagte der andere Schmetterling.

»Ich war wie du eine häßliche Raupe, dann eine Puppe, und heute ist mein Geburtstag«, erklärte der andere Schmetterling.

»Dann sind wir ja gleich!«

»Nicht ganz. Ich bin ein Mädchen und du ein Junge. Aber los jetzt, laß uns gemeinsam fliegen. Weit weg von hier!«

7.
Rudi Rubi

Als Rudi aus der Schule kam, hüpfte er auf einem Bein über den Zebrastreifen. Er sprang nur auf die weißen Streifen. Er fühlte einen Rubin in seiner Tasche und hatte gute Laune. Langsam begriff er, daß ihn seine kostbaren Tränen zu einem anderen machten. Der seltsame Rubin, verwandelt aus einer einfachen Träne, verwandelte auch ihn. Soviel war anders geworden, doch in jedem Wandel steckte auch ein Risiko. Rudi wußte allerdings noch nicht, wie viele Risiken er eingehen wollte und konnte. Raus aus der Flasche, doch ganz ohne war es auch schwierig. Vorher war er gar nicht in die Verlegenheit gekommen, sich unter Beweis stellen müssen, aber nun hatte er einen Zauberer als Freund – und Björn hatte ihn gefragt, ob er mit ihnen Fußball spielen würde.

Ramona wirkte seltsam bedrückt. Verstohlen, als fürchtete sie noch immer, er wäre krank, schaute sie ihn immer wieder von der Seite an. Immerhin aber versprach sie, mit ihm Fußballschuhe kaufen zu gehen.

»Stell dir vor«, sagte Rudi. »Björn hat mir angeboten, heute nachmittag mit ihm und seinen Freunden Fußball zu spielen. Sie brauchen noch einen Torwart.«

»Und der sollst ausgerechnet du sein?« Ramona betrachtete ihn voller Zweifel.

»Man muß auch mal was Neues probieren«, erwiderte Rudi, als wäre er selbst davon überzeugt.

Seine Mutter fuhr mit ihm zu einem Sportgeschäft in die Stadt. Es hatte große Schaufenster mit einer unglaublichen Menge an Turnschuhen. Drinnen lief laute Musik, und zwischen den Schuhregalen standen unheimlich coole Jungs und Mädchen und wippten lässig zu der Musik. Alle waren von Kopf bis Fuß in Sportklamotten gekleidet und wirkten gelangweilt.

Rudi lief aufgeregt umher, weil er noch nie in solch einem Geschäft gewesen war. Unsportlich, wie er war, hatte er sich immer fehl am Platze gefühlt. Ramona sprach eins von den gelangweilten Mädchen an, damit es ihnen bei der Auswahl half. Irgendwie hatte sie die Verkäuferin von den Kunden unterscheiden können. Das Mädchen half Rudi, die passenden Schuhe zu finden.

»Um welchen Sport geht es denn?« fragte die Verkäuferin, die kaum älter als Rudi wirkte.

Ramona musterte sie mißtrauisch. »Wir suchen Mehrzweckschuhe für den Schulsport.«

»Nein, es geht um Fußball!« sagte Rudi bestimmt. Er hatte Angst, sich wieder zu blamieren.

»Okay, das ist mal eine brauchbare Info.« Die Verkäuferin wackelte gelangweilt davon und kehrte mit einer Auswahl an Fußballschuhen in Kartons zurück. »Diese Schuhe trägt die Nationalmannschaft bei der Weltmeisterschaft. Total cool.« Sie hielt ihm einen Schuh hin, der aussah, als käme er direkt aus den Laboren der NASA.

»Paßt!« sagte sie, nachdem Rudi sie angezogen hatte.

Die Schuhe waren zwar unbequem, und die Stollen machten Lärm auf dem Boden, aber Rudi war stolz und fühlte sich schon wie ein echter Fußballprofi. Er erntete sogar ein paar neidische Blicke von den gelangweilten Jugendlichen im Laden.

Ramona zahlte, und Rudi durfte die neuen Schuhe gleich anbehalten, um sie einzulaufen.

Seine Mutter eilte mit ihm die Fußgängerpassage entlang, als hätte sie irgendein geheimes Ziel, und plötzlich blieb sie vor einem dunklen Schaufenster stehen, in dem er außer ein paar Spinnweben kaum etwas erkennen konnte. Rudi hörte, wie sie mit leiser Stimme las: »An- und Verkauf. Gold und Silber ...«

»Mama!« sagte Rudi. »Ich habe keine Zeit mehr. Ich muß Fußball spielen.«

In diesem Moment wurde die Ladentür von innen geöffnet, und ein kleines Mädchen schaute ihm direkt ins Gesicht. Ihre Augen waren groß und dunkel, und lange schwarze Wimpern warfen Schatten wie ein kleiner Schleier. Sie lächelte Rudi an, wirkte aber trotzdem irgendwie traurig.

»Guten Tag, Frau Daimagüler«, sagte Ramona.

Rudi hatte gar nicht bemerkt, daß hinter dem Mädchen eine viel ältere Frau aufgetaucht war.

»Guten Tag, Frau Valentin. Das ist Rudi?«

»Ja«, erwiderte Ramona und versetzte Rudi einen leichten Stoß, so daß er einen Schritt nach vorne machte. Allerdings konnte ihn das nicht dazu bringen, »Guten Tag« zu sagen. Er schaute wie gebannt das Mädchen an.

»Du bist also Rudi«, sagte sie leise.

Überrascht antwortete Rudi: »Kennst du mich?«

»Ja und nein«, sagte das Mädchen. »Ich bin Dilara. Meine Mutter hat mir von dir erzählt. Ich meine, daß es dich gibt. Sie kennt dich nämlich auch noch nicht, aber ich habe auf dich gewartet!«

»Ach ja? Leider muß ich zum Fußball. Björn stellt mich in seiner Mannschaft auf.«

»Oh, das hatte ich schon wieder vergessen! Also sag ›Tschüs‹ zu Dilara, Rudi. Auf Wiedersehen, Frau Daimagüler!« stammelte Ramona. Wieder schien sie sehr verwirrt zu sein.

»Bis bald, Rudi!« sagte Dilara.

»Okay!« antwortete Rudi.

»Dieses Gefühl, fremd zu sein«, überlegte Ramona laut, während sie zurück zum Auto gingen, »... muß schrecklich sein.«

»Ja«, sagte Rudi. Davon konnte er ein Lied singen.

»Mama! Ich bin wieder der Letzte. Alle sind schon da! Sieh nur!«

Auf dem Rasen vor seiner Schule, auf dem das

Spielfeld durch zwei kleinere Tore mit Netz markiert war, stand Björn. Ein paar Jungen und auch Mädchen saßen um ihn herum auf dem Boden oder auf ihren Rucksäcken. Rudi entdeckte auch Apple unter ihnen und erschrak. Hoffentlich blamierte er sich nicht wieder.

»Da bist du ja auch endlich!« Björn schaute ihn an. Er klang wie ein Trainer in amerikanischen Filmen.

Rudi nickte. Ihm war ein bißchen schlecht. Tief ein und aus atmen, sagte er sich.

»Also, hör zu! Ich stelle dich bei unserer gegnerischen Mannschaft ins Tor. Da mußt du die Regeln nicht unbedingt kennen. Nur auf den Ball mußt du achten und möglichst halten.« Björn lachte, und Rudi lachte unsicher mit. »Olli und Simon, herkommen! Ihr spielt in der Abwehr, okay? Sven, Kevin, Angelo – ihr seid bei den anderen. Ich und Nico bilden den Sturm.«

Rudi schaute von einem Mitspieler zum anderen. Besonders Olli wirkte körperlich sehr überlegen. Er war so kräftig wie Björn, hatte aber ein rotes Gesicht mit eng stehenden Augen. Sein kurzes, rotblondes Haar war tief in die Stirn gewachsen. Plötzlich begann er in den Knien zu federn und die Arme zu schwenken. Alle anderen Spieler taten es ihm gleich.

Rudi lief auf seine Position im Tor und versuchte, wie die Feldspieler dabei in den Knien zu federn. Nun erwies es sich als sehr sinnvoll, daß er sich Fußballschuhe gekauft hatte. Die Stollen gruben sich in den Rasen, so daß er sicheren Halt hatte.

Björn dribbelte mit dem Ball herum und paßte ihn dann Olli zu, um einen anderen Jungen auszuspielen. Dann lief er mit dem Ball über die Mitte des Spielfeldes und kam geradewegs auf Rudi zu, ohne daß ihn jemand störte. Rudi spürte, wie er nervös wurde. Er ging leicht in die Hocke und streckte beide Arme aus.

Björn schoß. »Halten, Rudi!« brüllte er dabei.

Und Rudi hielt!

Doch der Ball kam mit solcher Wucht geflogen, daß er ihm förmlich in den Magen krachte. Rudi verlor die Balance und fast die Besinnung. Einen Moment später saß er da auf seinem Hosenboden, tief ins Netz geschleudert, und hielt den Ball fest umschlungen. Sein Kopf sank nach vorn, und er konnte hören, wie klack-klack-klack – seine rubinroten Tränen auf den Ball fielen und ins Gras. Er war vor Schrecken wie gelähmt. Er schluchzte nicht etwa.

Stumm war er und konnte nichts dagegen tun, daß die Rubine aus seinen Augen purzelten.

War der Volltreffer von Björn Absicht gewesen? Hatte er sich wieder nur über ihn lustig machen wollen? Rudi wollte gar nicht darüber nachdenken. Von Schreck und Scham überwältigt, konnte er weder richtig denken noch sich überhaupt rühren. Noch immer hielt er den Kopf gesenkt. Aus der Gemeinschaft, in die er so gerne aufgenommen worden wäre, fühlte er sich geradezu herausgeschossen.

8.
Letzte Träne für Ramona

Rudi hatte keine Lust nach Hause zu gehen. Von den anderen hatte Gott sei Dank niemand etwas davon mitbekommen, daß er wieder Rubine geweint hatte. Aber seine Mutter würde ihn fragen, wie es gewesen sei, und dann würden ihm wieder die Tränen in die Augen treten.

Allein ging er durch eine Einkaufspassage. Der warme Schein der Laternen hatte etwas Tröstliches. Obwohl es noch gar nicht so spät sein konnte, war die Einkaufspassage menschenleer, und die Straßenlaternen mit ihren gelben Gesichtern sahen aus wie ein zur Begrüßung aufgestelltes Empfangskomitee für eine Gesellschaft, die nicht gekommen war.

»Ein gemeines Spiel!« sagte da plötzlich jemand hinter ihm.

Rudi blieb stehen und schaute sich um.

»Ein gemeines Spiel, nicht wahr?« wiederholte der Jemand.

Der Bettler lehnte mit dem Rücken an einen Laternenpfahl. Unter dem linken Arm hielt er eingeklemmt sein Schild *Keine Arme, danke!*, in der rechten Hand eine Thermoskanne.

»Ja!« erwiderte Rudi traurig.

»Hast du gut gehalten, den Ball!« Der Bettler lachte.

»Da gibt's nichts zu lachen. Außerdem will ich jetzt nach Hause.«

»Meinst du, da gibt's was zu lachen?« Der Bettler hielt sich an der Laterne fest und drehte sich einmal um sie herum. Dann stellte er sich auf den Kopf. Sein Hut verrutschte nicht. »Ah, schon besser!« Er lachte. »Ja, vielleicht hast du zu Hause mehr zu lachen. Manchmal veranstalten Erwachsene die komischsten Sachen, nicht wahr?« Er knallte kopfüber mit den Hacken, machte einen Salto und kam auf den Füßen wieder zum Stehen.

»Ja, Sie zum Beispiel! Sie machen immer so komische Sachen! Aber mir ist nicht zum Lachen zumute.« Trotzdem freute Rudi sich, den Bettler zu treffen. Er hatte schon gar nicht mehr damit gerechnet, ihn wiederzusehen.

»Tut mir leid, Rudi. Komm, wir setzen uns in den Hauseingang auf die Treppe und trinken einen süßen Tee zusammen. Ich muß dir etwas erklären.«

Rudi nahm neben dem Bettler Platz, der seine Jacke ausgezogen hatte, um sie als Unterlage auf den Boden zu legen. Im selben Moment ging ein Licht hinter den beiden an. Rudi schaute hoch und sah, daß sie vor dem Laden saßen, wo er am Nachmittag mit Ramona gewesen war und das Mädchen getroffen hatte.

»Ich weiß nicht, ob wir hier sitzen sollten. Ich meine, Bettler dürfen nicht …«

»Keine Sorge! Ich kenne Frau Daimagüler schon lange. Eigentlich hat sie mich sogar hierher eingeladen – wegen der kleinen Dilara. Ich bin nämlich ihr Großvater, das heißt Urgroßvater, nein, ihr Urgroßonkel bin ich wohl, denn ihr Großvater ist der Bruder meines … Ach, ich laß es lieber. Mit den Zeiten und Verhältnissen komme ich immer durcheinander. Du kennst doch die kleine Dilara?« Er sagte das eher als Feststellung.

»Nicht wirklich«, entgegnete Rudi. Er erinnerte

sich aber sehr wohl an die schönen Augen des Mädchens.

»Hier, nimm einen Schluck heißen Tee!«

Der Bettler schraubte den Deckel der silbernen Thermoskanne ab und reichte ihn Rudi als Becher herüber. Rudi trank vorsichtig einen kleinen Schluck. Der Tee war süß und wärmte angenehm.

»Also, Rudi«, fing der Bettler wieder an. »Tut mir leid. Mein Geschenk an dich war zwar ein kleines Wunder, aber auch ein Wunder, mit dem du nicht so ohne weiteres umgehen konntest. Ich hätte dich warnen sollen. Aber hätte das Sinn gehabt? Hättest du einem Fremden vertraut? Als du mir die Münze gegeben hast, wollte ich dich dafür belohnen. Ich habe dich ins kalte Wasser geschubst, weil ich das Gefühl hatte, daß du einen kleinen Stoß brauchst.«

»Ziemlich sinnlos!«

»So kannst du das nicht sagen, Rudi. Den Sinn erkennt man oft erst, wenn die Zeit reif ist, hinterher. Kleine Vögel werden von ihren Eltern aus dem Nest gestoßen. Für die Kleinen scheint es zu früh, doch wenn sie dann fliegen, verstehen sie es.«

»Ich will aber nicht fliegen! Und ich will auch keine roten Steine weinen müssen! Alles, was ich wollte, war Fußball spielen … Ich will überhaupt nicht heulen müssen!« Rudi schluchzte einmal kurz auf.

»Na, Fliegen ist wunderschön. Und Weinen eine Gabe, die nicht alle ihr eigen nennen können, aber du hast recht, es reicht! Ich wollte dich da belohnen, wo dein Schmerz saß. Ich wollte, daß du etwas Gutes darin siehst – eine Gabe.«

»Alles ist verkehrt!« sagte Rudi trotzig. »Wenn ich mir etwas wünschen könnte, wäre ich lieber jemand anderes. Es macht mir keinen Spaß, ich zu sein.«

»Wer wärst du denn gerne?« Der Bettler schaute ihn aufmerksam an.

»Ich wäre einfach gern so wie die anderen. Dann würde sich Apple vielleicht in mich …« Rudi brach ab.

»… verlieben?« ergänzte der Bettler.

Rudi antwortete nicht.

»Rudi, von Mann zu Mann, weißt du, warum sie Björn mag?« Der Bettler lächelte mild und weise. »Er ist manchmal ganz schön gemein, aber er probiert Sachen aus, die andere sich nicht trauen.«

»Sie wissen wohl alles?« Rudi klang bissig, weil ihm klar war, daß der Bettler recht hatte. Er bewunderte Björn ja auch für dessen Mut, Dinge zu probieren. Warum sollte Apple das nicht tun?

»Ach, wenn man so ein alter Herzensbrecher ist wie ich, dann weiß man doch so einiges. Auf jeden Fall kenne ich das Spiel mit der Liebe – warum sie kommt und eben auch geht. Ein junges Herz schlägt noch schnell. Es vergißt auch schneller. Ein altes Herz wie meines hingegen, das fast stehengeblieben ist … Aber weißt du, warum ich mich meistens als Bettler und nicht als König verkleide? Weil ich als Bettler weiß, wie die Menschen wirklich sind, denen ich begegne. Deswegen kenne ich sie auch.«

Rudi dachte auf einmal eine Krone zu sehen, doch das war wohl nur der Schein der Laterne.

»Wer sind Sie denn in Wirklichkeit?« Warum verwirrte der Bettler ihn immer so mit dem, was er war und nicht war?

»Das wirst du schon noch sehen, wenn ich dich zu mir einlade.«

»Einladen? Wohin?«

»Da, trink den Tee aus und schau auf den Grund des Bechers. Sag mir, was du siehst!«

Rudi nahm einen tiefen Schluck aus dem Becher und hielt ihn dicht vor seine Augen. »Ich sehe noch einen Deckel, einen goldenen Deckel«, staunte er.

Der Bettler lächelte. »Nein, Rudi, das ist kein Deckel,

das ist das Goldene Dach vom İftariye, in der Türkei. Von dort aus hast du einen wunderschönen Blick.«

»Wo ist das?«

»Das ist da, wo Dilara herkommt. Sie hat Heimweh, aber sie möchte, daß du mit ihr kommst!«

»Ich kann doch von hier gar nicht weg!«

»O doch, und wenn du willst, wird es niemand bemerken.«

»Aber meine Mutter und mein Vater ...«

»Dein Vater komponiert, und deine Mutter denkt darüber nach, was sie mit ihrem Leben anfangen soll. Da ist es gut, wenn du sie mal für eine Weile in Ruhe läßt.«

»Ich kenne Dilara aber gar nicht!« Das ging Rudi wieder mal alles viel zu schnell. Er bekam es mit der Angst. *Rudi, raus aus der Flasche!* hörte er es in seinem Kopf tönen.

»Das werden wir gleich ändern, Rudi. Sie ist hier sehr allein – so wie du es gewesen bist. Außerdem brauchen wir etwas, das du besitzt.«

»Ich habe doch gar nichts, was jemand gebrauchen kann. Mein Vater sagt manchmal zu mir: ›Du bist nichts, und du hast nichts.‹«

»Na ja, da meint dein Vater wohl eher sich selbst.

Du wirst das irgendwann unterscheiden lernen. Also, hör zu: Du hast doch einen Eierkuchen bei dir im Zimmer versteckt. Mit ihm wirst du eure Reise bezahlen.«

»Kommst du nicht mit?« Unbewußt war Rudi ins vertraute »Du« verfallen, und der Bettler legte daraufhin lächelnd die Hand auf sein Haar.

»Siehst du, du vertraust mir langsam. Nein, ich werde nicht mit euch reisen. Ich werde aber dasein, wenn ihr ankommt. Also lauf nach Hause, hole eine Zahnbürste und den Eierkuchen aus deinem Versteck!«

Rudi stand auf. »Meine Zahnbürste?« Das klang so wenig magisch.

»Oh, tut mir leid. Ich kann nicht aus meiner Haut. Eins habe ich als Herzensbrecher gelernt: Mit schlechtem Atem kommt man nicht weit!« Der Bettler lachte, und seine Zähne blitzten in strahlendem Weiß.

»Ich kann das alles nicht glauben.«

»Das wirst du schon noch. Lerne hinter die Fassaden zu sehen, oder glaubst du, daß alles, was du in dieser Stadt siehst, Wirklichkeit ist? Überall, hinter allen Mauern und Wänden, hinter jedem Lachen und Weinen gibt es noch eine ganz andere Wahrheit. Dort drüben, der kahle Strauch mit den Dornen ist in Wahrheit ein Rosenstrauch!«

Vor Rudis Augen erblühte der Strauch. Hunderte kleine Knospen erschienen, blühten auf und verwelkten. Der Bettler sah ihn mit großen Augen an.

»Alles ist im Wandel. Die Wirklichkeit, die du im Moment siehst, ist morgen sowieso eine andere. Deshalb halte dich an dich selbst und schaffe dir deine eigene Wirklichkeit. Es ist ein Wagnis, sicher, aber hast du nicht Lust auf ein Abenteuer?« Er rieb sich die Hände und nickte Rudi aufmunternd zu.

»Doch!« sagte Rudi entschlossen und streckte seine Hand aus.

»Warte noch einen Moment: Bir, iki, üç! Das heißt eins, zwei, drei. Auf dieses Zeichen hat Dilara gewartet. Sie steht hinter der Tür. Sie wußte, daß du mitmachen würdest.«

»Wobei mitmachen?«

»Na, bei unserem Wagnis! Die Pfandleihe hier, mein Kostüm, deine Tränen, die zu Rubinen wurden – das alles gehört schon dazu!«

Die Ladentür wurde geöffnet, und das Mädchen kam langsam heraus. Sie wirkte noch kleiner und ihr Gesicht noch blasser im Schein der Straßenlaternen. In der Hand hielt sie einen Zettel.

»İyi akşamlar«, sagte sie leise und gleich darauf: »Guten Abend, Rudi Rubi.«

»Nur Rudi«, erwiderte Rudi. »Ich kann kein Türkisch.«

»Und ich nicht gut Deutsch, aber ich kann leider verstehen, was hier geschrieben steht.« Sie hielt ihm schüchtern den Zettel hin.

»Zeig mal!« Rudi nahm den Zettel entgegen und las:

FÜR LILALARADAIMAGÜLER
WIRD'S BEI UNS JETZT IMMER KÜHLER
DER WIND WEHT DURCH IHR FENSTERLOCH
LILALARA – LEBST DU NOCH?
WO DU HERKOMMST DA IST'S VIEL SCHÖNER
ERSTICKEN SOLLST DU DORT AM DÖNER
HIER – LILALARA WIRST NICHT ALT
ES IST FÜR DICH DOCH VIEL ZU KALT!

Fassungslos ließ Rudi die Hand mit dem Zettel sinken und sagte: »So was Gemeines! Warum hat denn jemand so etwas geschrieben?«

»Feigheit und Dummheit sind die einzigen Gründe

für so etwas. Und dann sind diese Menschen zu feige, dazu zu stehen«, erklärte der Bettler. »Verstehst du, daß Dilara hier nicht bleiben möchte? Ihr kleines Herz kann hier nicht wachsen, doch in ihrer Heimat ist sie sicher. Bei ihren Wurzeln – da kann ihr Herz wieder wachsen. Manchmal müssen Menschen reisen, um zu sich zu finden. Grenzen überschreiten, um ihre eigenen zu entdecken.«

»Gut«, sagte Rudi, »ich komme mit.«

Bei dem Gedanken an Dilaras kleines Herz und den Schmerz, der darin sein mußte, stiegen ihm Tränen in die Augen. Er dachte an sich selbst. Irgendwo gehört jeder hin, dachte er, dahin, wo man ihn versteht. Wenn er dazu beitragen konnte, Dilara zu helfen, dann wollte er das tun.

Er machte ein paar Schritte, blieb noch einmal stehen und rief über seine Schulter: »Wartet! Ich bin gleich wieder zurück!«

Dann lief er los, um den Eierkuchen mit den Rubinen aus dem Märchenbuch unter seinem Bett zu holen – und seine Zahnbürste, so wie der Bettler es ihm gesagt hatte.

9.
Die Reise

Dilara trug eine kleine Reisetasche in der Hand. Ihre dunklen Augen strahlten heller als die Straßenlaternen, wie Rudi fand, als er völlig aus der Puste angerannt kam. Zum Glück hatte seine Mutter sich mit seinem Vater gestritten und daher nicht mitbekommen, daß er noch einmal aus dem Haus gelaufen war.

Die Fußballschuhe fühlten sich cool an. Sie trugen ihn über die Straßen, ohne daß er sie fühlte. Hinter dem Fenster der Pfandleihe hing ein Schild *Geschlossen*. Vor dem Fenster und der Glastür war ein Scherengitter heruntergelassen worden.

»Mama und Adul Kerim sind schon fort«, sagte Dilara.

»Mit all den Sachen aus dem Laden?« fragte Rudi erstaunt.

»Ja, alles ausgeräumt. Am besten mache ich ja später einen Bauchladen auf«, erwiderte Dilara lachend. Ihr Lachen perlte und kitzelte ein wenig in Rudis Herz. »Vielleicht schaffen wir es ja, in der Stadt mit dem Pflaster aus Gold einen Standplatz zu finden«, sagte sie.

»Bei uns hier ist Kinderarbeit verboten«, sagte Rudi.

»Hier sind viele dumme Dinge erlaubt und normale Dinge verboten. Kinder teilen bei uns die Not der Erwachsenen und umgekehrt. Wir lernen schon früh, gegenseitig für uns zu sorgen. Ihr wartet immer darauf, daß es irgendein Fremder tut. Da kann man manchmal lange warten …« Was sie sagte, klang so reif und erwachsen, daß Rudi noch einmal hinschaute, ob Dilara wirklich erst zwölf war.

»Worauf warten wir denn jetzt?« fragte er dann.

»Hast du den Eierkuchen mit?« erkundigte sich das Mädchen. Bevor sich Rudi darüber wundern konnte, erklärte sie: »Adul hat gesagt, daß der Eierkuchen unsere Fahrkarte und unser Reiseproviant ist.«

»Ehrlich gesagt, weiß ich nicht, ob man den Eierkuchen noch essen kann und wer den als Fahrkarte akzeptieren soll, aber ich habe ihn auf jeden Fall dabei.« Rudi hatte sich mittlerweile an dieses Gefühl gewöhnt, permanent ein wenig verwirrt zu sein.

»Rudi, ab jetzt werden die Dinge so laufen, wie Adul sie vorbereitet hat. Wenn du willst, machst du einfach die Augen zu und denkst, du träumst. Unsere Träume sagen uns unser Ziel, denn wenn wir schlafen, kann unser Ich fliegen.« Dilara schaute in den Himmel. »Sieh nur! Hoş geldiniz! Willkommen!«

Rudi folgte ihrem Blick. Ein Halbmond war aus einer Wolke aufgetaucht.

»Das ist ein gutes Zeichen«, sagte Dilara, »das Wahrzeichen unserer Stadt. Als sie noch Byzanz hieß, hat der Halbmond einmal die Bewohner vor Angriffen der Feinde gewarnt.«

»Das klingt schön, irgendwie tröstlich.«

»Geschichten sind immer tröstlich, aber sieh nur, da kommt er endlich!« Sie zeigte in eine bestimmte Richtung. Ein Stück weiter, dort, wo die Fußgängerpassage begann, hatte ein altmodisch aussehender Wagen gehalten, ein alter Kleinbus. Er war dunkelblau mit einer großen Sonne auf der einen Seite, und auf der anderen war ein liegender Halbmond zu sehen. Der Bus quietschte und hustete wie ein alter Mann, und Rudi sah besorgt auf die wackeligen Räder.

»Komm!« Dilara nahm ihn an die Hand und zog ihn hinter sich her zum Bus.

Nach ein paar Schritten blieb sie stehen, ließ ihre Tasche fallen und faßte sich ans Herz.

Rudi schaute sie besorgt an. »Deine Lippen sind ja ganz blau!« stellte er bestürzt fest.

Dilara brauchte einen Moment, um antworten zu können. »Ja, ich weiß. Deshalb nennen die mich doch Lila-Lara.«

»Liegt das am Mondschein?« Rudi hoffte auf eine einfache Erklärung.

»Nein, an meinem Herzen. Wenn ich schneller laufe, als es schlagen kann, dann stolpert es, und mir bleibt die Luft weg. Ich habe immer Angst, daß es eines Tages ganz aufgibt.« Sie keuchte und schaute ihn mit ihren wunderschönen Augen hilflos an.

Rudi schaute hilflos zurück. »Dann laß uns langsam gehen. Und gib mir deine Tasche.« Er umfaßte ihre Taille und trug sie und die Tasche weiter. In sich fühlte er plötzlich die Kraft, sie auf diese Art um die ganze Welt tragen zu können. Wenigstens das kann ich, dachte er.

Der Busfahrer war inzwischen ausgestiegen und lehnte mit verschränkten Armen in der offenen Wagentür. Er war nicht viel größer als Rudi, aber mindestens fünfmal so alt und fünfmal so dick. Er trug eine zerschlissene Jeans und trotz der Kälte ein ärmelloses Hemd. Als sie näher gekommen waren, löste er die Arme aus ihrer Verschränkung und streckte eine kräftige, behaarte Hand aus. Er sagte: »Ich heiße Cem.«

»Du mußt ihm jetzt ein Stück von deinem Eierkuchen geben, Rudi. Das ist die Fahrkarte, du weißt …«, keuchte Dilara.

Rudi hatte aufgehört, sich zu wundern. Er holte den eingerollten Eierkuchen aus der Tasche seiner Kapuzenjacke und riß ein Stück davon ab, das er dem Busfahrer reichte. Der Mann nahm es mit einer kurzen Verbeugung und steckte es dann seitlich zwischen seine Zähne. Vorsichtig biß er zu. Schließlich brummte er: »Gut, ich fühle, mein Lohn steckt darin …«

Mit den Fingern pulte er einen kleinen Rubin aus dem Eierkuchen, tat ihn in die Brusttasche seines Hemdes und schluckte den Rest des Kuchens herunter.

»Anschnallen – ich stelle jetzt auf Düsenantrieb, wir fliegen!« Der Busfahrer zog irgendwelche Hebel und drückte Knöpfe. Das ganze Cockpit blinkte und piepste. Aus der Lehne schoben sich Anschnallgurte.

»Was«, rief Rudi ungläubig, »was haben Sie da gesagt? Der Bus kann fliegen? Wie ein Flugzeug? Mein Gott, das geht doch nicht!« Und er hatte gedacht, er würde sich nicht mehr wundern.

Rudi und Dilara griffen neben sich nach den Sicherheitsgurten, die schon ganz zerfasert und altersschwach aussahen.

»Das ist immer ein großer Moment, wenn man durch die Sichel hindurchfliegt. Das man muß erlebt haben, wenigstens mal im Traum.« Cem lachte und begann einen türkischen Schlager zu schmettern.

Rudi legte den Arm um Dilara. Sie schien eingeschlafen zu sein, jedenfalls hatte sie die Augen geschlossen. Wie konnte man nur bei diesem Lärm schlafen? fragte er sich, aber wahrscheinlich war das die Erschöpfung. Sie hatte den Kopf an seine Schulter gelegt und verpaßte das wunderbare Erlebnis, doch auch Rudi mußte die Augen schließen, weil es plötzlich mitten in der Nacht sehr hell wurde.

Als er die Augen wieder öffnete, sah er unter sich runde Kuppeln und Türme: eine Moschee wie ein großes blaues Wasserspiel mit spitzen Fontänen.

»So etwas habe ich noch nie gesehen!« staunte Rudi.

Irgendwann landeten sie in der Nähe des Flughafens Atatürk auf einem welligen Platz.

Sie stiegen aus, und Cem gab ihnen ihre Sachen. Dann setzte er sich wieder in den Bus, kurbelte das Fenster runter. »Auf Wiedersehen, Rudi!«

Cem Otobüsü reichte Rudi die Hand und warf Dilara einen Kuß zu. Sie kam langsam zu sich, gähnte und blinzelte in die helle Sonne.

»Aber wie sollen wir denn jetzt zum Goldenen Dach kommen? Das muß ich vor allem wissen«, rief Rudi, als der Bus schon wieder startete. Er hustete und hielt sich die Augen zu, weil eine Menge Staub aufwirbelte und die Sonne ihn blendete. »Gibt es einen Bus oder Zug?« fragte er gegen den Lärm, doch der Bus rumpelte und ruckelte bereits. Nur die Staubwolke sank langsam zu Boden. Cem Otobüsü war mit seiner fliegenden Hummel verschwunden.

»Ihr braucht keinen Bus! Nachher verirrt ihr euch noch in den vielen Straßen der Basare!« Diese Stimme erkannte Rudi sofort. Der Bettler stand plötzlich da wie aus dem Nichts oder aus der Morgenluft aufgetaucht. Dilara flog ihm förmlich entgegen und weinte ein bißchen vor Wiedersehensfreude.

Er hatte sein Bettlergewand gegen einen eigenartigen weißen Aufzug eingetauscht, der aussah wie ein Kleid mit weitem bodenlangem Rock. Unter einer weißen kurzen Jacke trug er eine breite Schärpe und auf dem Kopf einen Hut wie ein umgestülpter Blumentopf.

»Adul Kerim trägt das Gewand der Derwische«, erklärte Dilara.

»Was ist denn ein Derwisch?« Rudi glaubte sich zu erinnern, daß Ramona ihn einmal so genannt hatte, als er zu Jürgens Musik wie wild im Wohnzimmer herumgetanzt war.

»Tanzende Derwische«, erzählte Dilara, »sind eigentlich Bettelmönche. Ihr Orden wurde vor über siebenhundert Jahren gegründet. Sie bettelten, um Armenküchen betreiben zu können. Sie wurden vom Volk verehrt, weil sie durch Fasten und Beten und ihre Tänze Nähe zu ihrem Gott suchten.«

»Durch Tanzen?« fragte Rudi.

»An jedem ersten Samstag im Monat kannst du sie sehen, wie sie sich in ihren glockenförmigen Mänteln im Kreis drehen, endlos, bis einem ganz schwindelig wird.«

»So, meine Kinder, jetzt paßt auf, daß euch nicht schwindelig wird!« unterbrach Adul Kerim die Erklärungen Dilaras. »Ich werde jetzt anfangen, mich zu drehen, und bevor es richtig losgeht, greift ihr fest nach meinem Rocksaum – und ab geht die Post! Es wird Zeit, daß wir von hier verschwinden. Wir haben noch etwas vor!« Er winkte sie zu sich. Eine seltsame Musik ertönte, obgleich kein Instrument oder Musikant zu sehen war.

Plötzlich wirbelte das weiße Gewand an ihnen vorbei. Wie ein großer weißer Teller schien der Rock in der raschen Drehung in der Luft festzustehen. Dilara und Rudi griffen mit beiden Händen fest zu, und einen Moment später hoben sich ihre Füße wie von selbst vom Boden ab. Ohne jede Angst drehten sie sich mit ausgestreckten Körpern und leicht gespreizten Beinen, wie blinde Passagiere an einer fliegenden Untertasse in der Luft. Adul, der Kapitän, hielt die Arme ausgebreitet, und sein spitzer Hut deutete die Richtung der Reise an.

Sie stiegen in die Höhe, und der kühle Fahrtwind ließ die Gesichter der Kinder wie zwei Morgensterne erglühen. Ihre Augen füllten sich mit Tränen.

»Da, schau! Unter uns ist der Bosporus!« rief Dilara aufgeregt zu Rudi. »Und da hinten, das Goldene Horn! Man kann sogar das Marmarameer sehen.« Sie war so glücklich über die Schönheit ihrer Heimat, was Rudi gut verstehen konnte.

»Istanbuls Staub und Steine sind aus Gold«, sagte Adul, ohne sich umzuwenden. »Deshalb bevölkern Millionen Menschen die uralte Stadt und bringen Lärm, schmutziges Wasser und häßlicher Beton mit. Hört und schaut da nicht hin, sondern riecht den Duft, der aus den Basaren strömt. Wenn wir die Kuppel einer schönen Moschee überfliegen, sage ich Bescheid.«

Dilara und Rudi glaubten zu träumen. Waren sie das wirklich – der ängstliche Rudi und die schüchterne Dilara, die am Rockzipfel eines Derwisches durch die orientalische Morgenluft flogen?

Es muß ein Traum sein, dachte Rudi. Raupe Rudi ... Aber jetzt konnte die Raupe fliegen.

Von den Leuten, die unten in den Straßen eilig ihren Geschäften nachgingen, schauten nur wenige nach oben zum Himmel und glaubten, entweder einen riesigen weißen Vogel mit seiner Beute oder ein unbekanntes Flugobjekt entdeckt zu haben. Doch sobald sie von ihrer Entdeckung erzählen wollten, war der Derwisch schon fort, und keiner wollte glauben, was die Leute angeblich gesehen hatten.

»Wo ist denn nun das Goldene Dach, auf dem wir uns treffen sollten?« rief Rudi Adul zu. Seine Worte wurden ihm förmlich vom Wind aus dem Mund gerissen.

»Das habe ich als Treffpunkt vorgeschlagen, weil man es nicht verfehlen kann!« antwortete Adul. »Unser eigentliches Ziel ist nämlich schwer zu finden. Nun reist ihr ja an meinem Rocksaum, und wir werden bald da sein!«

Rudi fühlte sich erleichtert, denn er zweifelte, daß er sich noch lange festhalten konnte, doch Adul schien mal wieder seine Gedanken zu kennen. »Du kannst nicht fallen, eher selber fliegen!«

Rudi öffnete vorsichtig die eine Hand, aber wie von einem Magnet angezogen blieb sie am Gewand kleben.

»Dort könnt ihr die Brücke von Eminönü sehen, die das Goldene Horn überspannt! Auf ihr sitzen Angler, die ihr Abendessen fangen!« rief Adul ihnen zu. »Und links davon seht ihr eine Landzunge, und dort«, er streckte seinen rechten Arm aus, »dort ist das Goldene Dach des Topkapi-Palasts.«

Rudi kniff die Augen zusammen, um besser sehen zu können. Das Morgenlicht ließ das Gold des Dachs und der Türme wie eine aufgehende Sonne erstrahlen. Was er sah, schien ihm wie ein Märchenland so schön.

»Die Schönheit der Tulpen war Vorbild für viele unserer alten Bauten«, erklärte Adul weiter. Dann verlangsamte sich der Flug. Adul bog nach rechts und landete auf dem Dach des Basars.

»Ihr könnt jetzt loslassen! Alles in Ordnung?« fragte Adul.

Rudi und Dilara waren ganz schön durchgepustet worden. Die Haare des Mädchens waren zerzaust, und Rudi hatte Sand im Mund. Beide nickten aber. Das war ein kleiner Preis verglichen mit dem unglaublichen Erlebnis, das sie gehabt hatten.

»Wir befinden uns jetzt in dem alten Viertel, in dem ich wohne, wenn ich nicht auf Reisen bin. Zum Glück ist bisher alles gut verlaufen. Allah sei Dank!« sagte Adul, der Derwisch. Er ging auf die Knie und küßte den Boden.

»Der Basar ist eine kleine Stadt in der Stadt, in der Nähe des alten Palastes«, erklärte er weiter den Kindern, die mit offenen Mündern das Gewirr an Straßen, Gebäuden, Dächern und Waren betrachteten, die Händler lauthals feilboten. »Um den Palast herum entstanden Gassen mit Werkstätten für Handwerker, geordnet nach ihren Zünften, und eine große Karawanserei für reisende Händler, die ihre Waren mit Kamelen und Pferden von hier in ferne Länder brachten. Im Laufe der Zeit wuchsen Gebäude und Straßen zusammen. Der ganze Komplex wurde überdacht und mit Mauern versehen. Erst wenn man sich an das gedämpfte Licht gewöhnt hat, beginnt man sich zurechtzufinden«, erklärte Adul und versuchte den Lärm der Händler zu übertönen.

Rudi und Dilara hörten nur mit einem Ohr zu. Adul führte sie in einen kleinen versteckten Raum, dessen Wände und Boden mit Teppichen und Tüchern bedeckt waren. Von der Decke hing eine Lampe, in der ein kleines Öllicht spärlich den Raum erleuchtete. Ein seltsam intensiver Duft von Honig und Gewürzen lag in der Luft.

»Setzt euch!« Adul deutete auf große Kissen, die auf dem Boden um einen flachen, geschnitzten Holztisch angeordnet waren.

Rudi und Dilara nahmen nebeneinander Platz.

»Ihr habt sicher Hunger«, sagte Adul und klatschte dabei dreimal kurz in die Hände. Ein Vorhang teilte sich, und eine verschleierte Frau erschien. Sie trug ein silbernes Tablett. Darauf standen eine silberne Kanne mit drei Trinkbechern und ein Teller mit Sesamkringeln.

»Lecker! Simits!« rief Dilara. Sie nahm einen und steckte ihn Rudi in den Mund.

»Du hast doch noch den Rest deines Eierkuchens bei dir?« fragte Adul.

Rudi fühlte in der Tasche seiner Kapuzenjacke und nickte. Ja, der alte Eierkuchen steckte noch drin. Fragend schaute er Adul an.

»Nein«, erklärte der Derwisch lächelnd, als hätte Rudi eine Frage gestellt. »Den Eierkuchen müssen wir nicht essen. Ich wollte nur wissen, ob du ihn im Flug auch nicht verloren hast.«

Rudi schüttelte den Kopf und kramte den Eierkuchen aus seiner Tasche. Er legte ihn auf das Tablett.

»Du weißt, daß in dem Eierkuchen noch ein großer Rubin steckt, den du hineingeweint hast. Möchtest du ihn behalten?«

»Nein«, antwortete Rudi, »ich weiß nichts damit anzufangen. Keiner der Steine hat mir Glück gebracht. Eher haben sie mich noch mehr verwirrt ...« Er brach ab, machte ein unglückliches Gesicht, und zum ersten Mal seit langem fühlte er wieder Tränen in sich hochsteigen.

»Ja, Rudi, damit hast du ganz viel verstanden.« Adul strich ihm über die Wange. »Das waren deine Tränen. Dir mögen sie nutzlos erscheinen, aber das sind sie nicht.« Er lächelte.

»Aber warum muß ich denn immer weinen. Immer und immer wieder.« Rudi sah alles in Rot getaucht.

»Laß es dir erklären: Dein weiches Herz ließ dich den Schmerz anderer Menschen fühlen, nicht nur deinen eigenen. Du weinst stellvertretend. Harte Herzen spüren oft nur Wut und Trotz. Doch dahinter ist eigentlich immer Trauer. Harte Herzen können sie aber gar nicht mehr wahrnehmen oder haben Angst vor ihr. Trauer ist jedoch sehr wichtig, denn sie bewirkt Veränderung, aber genau vor Veränderung haben die meisten Menschen panische Angst. Du hingegen im Grunde deines Herzens nicht! Deshalb hat das schmerzende Herz von Dilara dich gesucht und gefunden.«

Rudi fühlte zum ersten Mal in seinem Leben, wie sich sein Herz bei den Worten des Derwischs entspannte und ruhig wurde. Er selbst entspannte sich auch, und die Tränen zogen sich zurück.

Dilara griff nach Rudis Hand. Sie schaute ihn bewundernd an – wie einen Helden!

10.
Der Zauber

Rudi errötete. Ihm war warm, während Dilara ihn ansah. Er rutschte auf seinem Kissen herum. Wenig heldenhaft, aber er mußte sich an seine neue Rolle eben erst gewöhnen.

»Weißt du, Rudi«, begann Adul mit eindringlicher Stimme von neuem. »Ich erzähle dir jetzt ein großes Geheimnis. Wenn ein Kind geboren wird und in seine Welt eintritt, ist es wie ein ungeschriebenes Buch. Seine Geschichte existiert schon irgendwo, aber geschrieben wird sie nach und nach. Dabei helfen ihm gute Geister. Diese Geister kommen teils aus der Vergangenheit. Sie sind Vorfahren des Kindes oder – so wie ich – alte Geister in vielen Gestalten. Es gibt allerdings auch dunkle und böse Geister voller Wut, Neid und ungesühnter Schuld. Beide Arten von Geistern begleiten das Kind dann sein Leben lang und kämpfen um die ungeschriebenen Seiten.

Diesen Kampf spürt der Mensch. Er denkt, daß es ein innerer Kampf ist. Diese Kräfte bewirken, daß er unsicher und ängstlich ist. Die bösen Geister lügen und bieten vermeintlich leichte Wege zum Glück an. Läßt der Mensch sich darauf ein, oft in dem Glauben das Richtige zu tun, schnappt die Falle zu. Menschen sind oft zu schwach oder zu unachtsam und wissen nicht, wohin sie gehören. Sie nehmen die Einflüsterungen der guten nicht wahr und überlassen sich den Verführungen der bösen Geister. Wenn sie den bösen Geistern folgen, werden sie genauso wütend und neidisch wie die.

Das Herz wehrt sich anfänglich, es kämpft. Manchmal hat es eine Chance, manchmal wird es schwach und irgendwann hart. Wenn es hart geworden ist, fühlt es weniger Schmerz. Schadenfreude hält es für Freude. Was Glück ist, weiß es nur noch, wenn es verloren ist.«

Adul machte eine Pause, denn Dilara und Rudi hatten ängstlich begonnen, sich aneinanderzuklammern. So viele Geister!

»Das Gefühl kenne ich«, sagte Rudi leise.

»Ja, ich weiß, daß du dich nicht immer glücklich gefühlt hast. So wie du bist, fühlst du dich eingesperrt in jemanden, der dir nicht gefällt. Weil du nicht so bist, wie andere dich gerne hätten. Du dachtest, alles wäre gut, wenn du nur dem mehr entsprechen könntest. Aber überlege mal, Rudi, wer du alles sein müßtest: der Herzensbrecher, den sich deine Mutter wünscht, der Senkrechtstarter, den dein Vater gerne hätte, der supercoole Typ, der Fußball spielen kann und auf die Lehrer pfeift, wie deine Mitschüler es gern hätten. Gleichzeitig sollst du aber bitte sensibel sein und dich am besten noch um die Wünsche anderer kümmern. Rudi, all das geht doch gar nicht! Aber du kannst viel mehr sein, als sich jeder von denen ausmalen könnte.« Adul lachte ihn an und rieb sich die Hände. Er fand seine eigenen Ausführungen anscheinend sehr amüsant.

»Ich wollte doch nur gern Fußball spielen so wie Björn und die anderen.« Rudi wußte, daß seine Worte dumm klangen, aber mehr konnte er sich im Moment nicht vorstellen.

»Gut. Wenn das dein Wunsch ist … Kommen wir jetzt zum Geschäft. Denn deshalb bist du ja hier. Also, ich bin zu dir gekommen, weil mich Dilaras kleines Herz geschickt hat. Es ist bei ihrer Geburt von einem bösen neidischen Geist verzaubert worden. Dieser Geist wollte, daß es nicht wächst! Denn böse Geister fürchten sich vor Menschen mit einem großen Herz.«

Adul unterbrach seine Erzählung, um Dilara liebevoll anzuschauen. Sie blickte schüchtern auf ihre Hände, in denen sie den Becher mit Tee und einen Sesamkringel hielt.

»Ich mache mir schon Vorwürfe, daß durch meine kleine Zauberei ein wenig Verwirrung entstanden ist, aber es war wichtig, daß du die bösen Geister erkennst. Ich kann dir nur was anbieten – der Regisseur des Films bist du.«

»Stimmt es denn, daß du auch der Filmschauspieler Rudolpho Valentino warst?« fragte Rudi plötzlich.

Adul lachte. »Ich habe schon einige Rollen gespielt, und wenn man dann noch so alt ist, kommt man mit den wahren und erfundenen Geschichten etwas durcheinander. Vor allem aber war das eine Figur, der du Vertrauen schenken konntest, weil du sie bewundert hast. Aber zurück zu unserem Geschäft! Ich war mir sicher, daß es irgendwo einen besonders weichherzigen Jungen geben mußte, der leicht Tränen vergoß, viel leichter als alle anderen Jungen seines Alters. Und ich wußte, daß die Tränen dieses Jungen Dilara heilen können! Und so wird es sein!«

»Woher wußtest du denn von mir, Adul?« wollte Rudi wissen.

»Da ich Dilara liebe, habe ich alle guten Geister gerufen, und der eine, der dich seit deiner Geburt begleitet, hat mir von dir erzählt. Es ist übrigens dein Ur-Urgroßvater, ein sehr netter Geist und so humorvoll. Er will auch dafür sorgen, daß dein Vater demnächst mal wieder ein vernünftiges Lied komponiert.«

»Ur-Urgroßvater? Oh, den hätte ich gerne kennengelernt.« Rudi tat der Gedanke sehr gut, daß da ein witziger alter Mann um ihn war, der sich um ihn kümmerte.

»Ja, und dann habe ich mich mit Dilara und ihrer Mutter auf meinen alten fliegenden Teppich gesetzt und bin in deine Nähe geflogen. Dilara und ihre Mutter habe ich in der Pfandleihe einquartiert, die du ja kennst. Der Laden war gerade frei.« Er sagte das so, als wäre das ein Kinderspiel gewesen.

»Aha!« sagte Rudi.

»Na, dann mußten die beiden nur noch abwarten, und den Rest der Geschichte kennst du ja ungefähr ...Um zu sehen, ob du auch wirklich ein weiches Herz hast, habe ich mich dann als Bettler verkleidet vor das Kino auf die Straße gesetzt. Es lief, glaube ich, gerade ein Film über Dinosaurier. Das Problem war aber, wie fängt man eine Träne auf und bringt sie an einen anderen Ort, ohne daß sie trocknet? Ich habe also in meinem alten Zauberbuch nachgeschlagen, das ich aus alter Gewohnheit immer bei mir trage und in dem alle Zauberformeln alphabetisch geordnet sind. Unter T fand ich das Rezept für ›Tränentrank‹ und ›Tränenzauber‹, weiter hinten Anweisungen für ›Tränentransport‹. Der Trick besteht darin, etwas Trauriges in etwas Schönes zu verwandeln. Bei deinem Namen Rudi kamen mir Rubine in den Sinn. Das paßt zueinander, fand ich. Also, ein gemurmelter Zauberspruch, und deine Tränen, die so leicht aus deinen Augen rannen, fielen als Juwelen zu Boden. Da sie vorher schon Juwelen waren, war das ganz leicht. Kostbares in etwas anderes Kostbares zu verwandeln ist im allgemeinen sehr einfach.«

Adul hielt einen Moment inne, um einen Schluck süßen Tee zu trinken.

»Für meine Herzmedizin hätte ich ja nur eine Rubin-Träne benötigt, aber um dich hierherzubringen, brauchte es ein paar mehr. Doch nun kommt das Wichtigste. Wärst du so freundlich und gibst mir deinen letzten Rubin?« Er streckte die Hand aus. Es lag aber keine Forderung in seiner Geste; sie wirkte eher so, als wollte er ihm eine Last abnehmen.

Rudi war klargeworden, daß der Bettler nicht als Dieb in sein Leben gekommen war, sondern um ihm etwas zu geben. In einer Mischung aus Vertrauen und Erwartung befühlte er das Stück Eierkuchen nach dem letzten verborgenen Rubin. Er staunte selbst darüber, was für einen großen funkelnden Stein er dann in den Fingern hielt. Ein wenig stolz überreichte er ihn dem Magier Adul Kerim Daimagüler, stolz, denn diesen Rubin hatte er hervorgebracht.

»Danke!« sagte Adul und verbeugte sich geehrt. Auch Dilara sagte leise: »Danke, Rudi.«

»Ja, es gibt für alles eine Medizin, doch richtig wirken kann sie nur, wenn man an sie glaubt. So funktioniert auch Zauberei. Danke, Rudi, daß du hierhergekommen bist, denn nur, wenn wir alle zusammen sind, kann meine Zauberkraft voll wirken. Alles muß jetzt schnell gehen. Dilaras Herz wird immer schwächer, wie ich deutlich fühlen kann.« Adul nahm ein Gefäß aus Glas und legte den Rubin hinein. »Was für eine dicke Träne!« staunte er.

Dann nahm er einen silbernen Flakon, entkorkte das Fläschchen und gab etwas Flüssigkeit auf den Stein.

»Das ist das ›Wasser der göttlichen Weisheit‹«, erklärte er murmelnd. »Ein paar Tropfen Weisheit reichen meistens aus …«

Rudi und Dilara schauten gebannt zu, wie der rote Stein erst größer zu werden schien, dann seine Form verlor und sich langsam in dem Wasser auflöste wie Himbeersirup.

»Willst du zuerst probieren?« fragte Adul an Rudi gewandt, das Glas vorsichtig in beiden Händen haltend.

»Ich weiß nicht … Das ist doch für Dilara …?« antwortete Rudi.

»Der Trank tut auch deinem kleinen Herzen gut. Trink nur ein wenig!« Adul reichte den Kelch an Rudi, ohne ihn aus den Augen zu lassen. »Nichts darf verschüttet werden. Nichts ist schlimmer als vergeudete Weisheit oder vergeudete Tränen«, warnte er, allerdings mit einem Schmunzeln.

»Ich werde aufpassen!« sagte Rudi. Er führte das Glasgefäß vorsichtig zum Mund und trank ein winziges Schlückchen. »Ihh – das schmeckt ja ganz salzig!«

Wegen der roten Farbe hatte Rudi eine süße Flüssigkeit erwartet, wie Erdbeer- oder Himbeersaft.

»Nun, Tränen sind nicht süß, und der Rubin ist deine zurückverwandelte Träne. Und vielleicht auch noch all die Tränen, die du weinen solltest, wenn es nach den bösen Geistern ginge. Jetzt aber hat alles einen Sinn ergeben.« Mit diesen Worten reichte Adul die Schale an Dilara weiter, die ihre Medizin mit einem Schluck austrank.

»Auf diesem Moment haben wir lange Zeit gewartet!« sagte Adul mit Freude in den Augen. »Aber ...«, fuhr er an Rudi gewandt fort, »... es hat genauso lange gedauert, wie es brauchte. Man kann nichts beschleunigen, es muß wachsen. Alles hat nun mal sein eigenes Tempo. Auch die Wunder ...« Er lachte zufrieden, wie jemand, der an das Ziel einer anstrengenden Reise gelangt war.

Rudi betrachtete Dilara neugierig. Er wollte sehen, ob sie sich nun veränderte. Tatsächlich! Ein Strahlen ging von ihr aus. Das Mädchen, das bisher so zaghaft und bleich gewesen war, als hätte es gar nicht gelebt, glänzte und leuchtete plötzlich.

»Wäre Dilara ohne die Medizin, also ohne meine Träne gestorben?« fragte Rudi.

»Wahrscheinlich früher oder später«, antwortete Adul. »Vor allem hätte sie sehr gelitten, und Leid muß beendet werden, wenn man die Macht dazu hat. Hör zu, jetzt erzähle ich dir ein Geheimnis: Der Tod ist eine kleine Nummer. Weiß der Schmetterling denn noch, daß er vor seinem Leben als bunter Falter eine Raupe war, die sterben mußte, damit er fliegen kann? Das Leben hat einen so großen Appetit, daß es alles verspeist, um immer neues Leben hervorzubringen. Der Tod ist nur sein Koch, der ihm die Mahlzeit zubereitet. Nein, Rudi, der Tod sollte uns nicht schrecken. Es ist das Leid, das wir an ihm fürchten. Wahrscheinlich ist der Tod wütend, daß er so verkannt wird. Er möchte Erlöser sein, deshalb geht er mit soviel Leid einher.«

»Das hört sich so an, als wäre der Tod beleidigt!« sagte Rudi.

»Ja, komisch, wenn man ihn so beobachtet, dann kommt es einem manchmal so vor. Er ist schon alt; ihn verändert keiner mehr.« Adul sprach wie von einem alten Bekannten.

Dann schwiegen sie einen Augenblick lang. Schließlich sagte Adul: »Wollt ihr etwas essen, oder soll Rudi jetzt seinen Wunsch sagen. Ich meine, die Belohnung für deine Bemühungen steht noch aus. Wenn ich dich recht verstanden habe, willst du die Fähigkeit, Rubine zu weinen, wieder loswerden; eintauschen, gegen etwas anderes, das dir mehr Freude bringt.«

»Ja, also«, begann Rudi. »Ich bin immer so anders gewesen als alle anderen, und mit den Rubin-Tränen ist es noch schlimmer geworden. Mir wäre lieber, ich könnte etwas, was andere auch können – nur etwas besser. Fußballspielen, zum Beispiel.« Seine Augen leuchteten.

»Talente kann ich dir nicht zaubern. Für diese Gabe ist jemand anderes zuständig. Auch für ein gutes oder böses Herz kann ich nichts und kann es nicht ändern. Ich kann, wie gesagt, nur Vorschläge machen. Was du damit machst, ist deine Aufgabe. Den Ball, mit dem du spielen wirst, werde ich aber so verzaubern, daß er hundertmal ins Tor fliegt, wenn dein Fuß ihn tritt. Das Fußballspielen mußt du aber selber üben. Auch jedes Talent will erworben werden, um es zu besitzen.«

»Hundert Tore?« fragte Rudi.

»Hm, hundert schafft meine Zauberkraft sicher. Willst du zum Fußballspielen wieder nach Hause? Denn da, wo du dich so hilflos gefühlt hast, willst du es sicher allen zeigen, nicht wahr?«

Rudi nickte begeistert.

Auf die Mitte des Tisches stellte die verschleierte Frau nun ein neues großes Tablett mit orientalischen Köstlichkeiten, die nach tausendundeinem Gewürz dufteten. Jeder bediente sich. Dazu gab es noch mehr Tee, der mit Pfefferminze und Koriander gewürzt war und süß und kräftigend schmeckte. Danach wurden Süßigkeiten gereicht, von denen der Honig tropfte. Rudi stopfte sich mit den Fingern so viele in den Mund, bis ihm beinahe übel wurde. Adul rauchte eine blubbernde Wasserpfeife. Er hatte sich zufrieden zurückfallen lassen und blies den Rauch zur Decke. Er machte Rauchfiguren, und die Kinder errieten, was sie darstellten. Dabei lachten sie, und Adul verschluckte sich einige Male am Rauch. Rudi fand die türkische Art, beim Essen auf Kissen zu liegen, sehr angenehm. Man konnte sich einfach fallen lassen und einschlafen, wenn man satt war.

Schließlich vernahm er sanfte Harfenklänge. Adul

hatte ein orientalisches Saiteninstrument gegriffen und entlockte ihm seltsame weiche Klänge. Das große warme Sitzkissen gab unter seinem Gewicht nach, und Rudi hörte der Musik zu. Sie war wie ein zartes Wiegen und trug ihn davon. Er sank in einen tiefen Schlaf.

RUDI
10

11.
Der Schmetterling

»Elfmeter!« brüllte Björn. Er war heute der Schiedsrichter.

Ein Spieler der gegnerischen Mannschaft hatte versucht, Rudi ein Bein zu stellen, um ihn davon abzuhalten, mit dem Ball zum Tor zu rennen. Pech gehabt! Björn paßte auf wie ein Schießhund. Nun hatte Rudi erst recht freie Bahn! Nichts konnte ihn mehr aufhalten.

Elfmeter! Der Spieler, der ihm ein Bein gestellt hatte, mußte nun zusehen. Alle beobachteten, wie Rudi sich den Ball zurechtlegte. Der Torwart beugte sich vor, bereit zum Sprung, aber er hatte ein bißchen Angst.

Rudi lief zurück, taxierte, lief vor, setzte an zum Schuß an – und zielgerade flog der Ball ins Tor.

»Tor! Tor!« brüllte seine Mannschaft und fiel sich in die Arme.

Alle rannten zu Rudi und umringten ihn. Rudi

hatte sich vor Freude das Trikot über den Kopf gezogen und sich auf den Boden geworfen. Nun hoben sie ihn hoch, hüpften gemeinsam im Kreis.

Apple riß es von der Bank hoch, sie rannte auf das Spielfeld, um den Sieger zu küssen.

»Rudi Rubi, du bist der Beste!« flüsterte sie ihm ins Ohr. Sie ging nun seit einiger Zeit mit Rudi. Sie stehe auf »sensible Sieger«, hatte sie ihm anvertraut.

Rudi hatte schon mindestens fünfundzwanzig Tore in der letzten Zeit geschossen. Er war Stürmer, und sein Trainer hatte neulich gesagt, er wolle an den Auswahltrainer schreiben, weil der ständig an jungen Nachwuchstalenten interessiert sei.

Rudi hatte sich durch das tägliche Training verändert. Er war schlanker geworden, ausdauernder und irgendwie auch größer. Traf ihn mal der Ball oder ein Fußtritt oder fiel er in den Matsch, machte das nichts. Er lachte, biß die Zähne zusammen, und an Heulen war nicht mehr zu denken.

Manchmal nur, in den Minuten nach den vielen Siegen, dachte er, daß das Toreschießen etwas langweilig war. Was sollte denn kommen, wenn es vorüber war? Er war auch schon mit Apple im Kino gewesen. Sie hatten sich einen Film mit einem Dinosaurier angeschaut.

Gelegentlich, wenn es im Kino dunkel wurde, bevor der Film begann, kam das Bild aus seinem Traum zurück, dieser Traum, in dem aus der dicken Raupe, die vom Blatt gefallen war, eine Puppe und dann ein Schmetterling geworden war, der mit einem anderen Schmetterling davonflog. Träume wiederholen sich manchmal, so lange, bis man ihre Bilder deuten kann …

Rudi erhob sich von dem Kissen und wollte sich die Augen reiben. Er ließ es aber lieber, denn seine Finger waren noch ganz klebrig von all dem Honig. Noch etwas benommen stand er auf seinen Beinen und hatte Mühe, sich zurechtzufinden. An der Wand sah er einen Spiegel in einem goldverzierten Rahmen. Er blickte hinein und sah sein verschlafenes Gesicht. Mit den klebrigen Fingern versuchte er sein Haar zu richten. Es fühlte sich anders an. Glatt, glänzend und mühelos legte es sich so, wie er es wollte. Er drehte sich vor dem Spiegel, schaute an sich runter, drehte sich seitlich und strich sich über den Bauch. Er war dünner, und seine Beine schienen länger zu sein. Das Kapuzenshirt hing leer herunter, und die Hose war ein wenig zu kurz geraten.

Er drehte sich um und blickte Adul und Dilara mit aufgerissenen Augen an.

»Was ist passiert? Wie lange habe ich geschlafen?«

»Nicht sehr lange, aber tief«, erwiderte Adul und lächelte sanft. »Hattest du einen schönen Traum? Du hast im Schlaf gelacht.«

»Ich habe geträumt, daß ich Fußball spiele, und alle haben gejubelt«, erinnerte Rudi. »Ich war zu Hause.«

»Ja, zu Hause.«

»Kann ich jetzt Fußball spielen?« fragte er Adul, der sein Instrument noch immer auf den Knien hielt, aber aufgehört hatte zu spielen.

»Schau noch mal in den Spiegel!« antwortete Adul.

Rudi blickte hinein und entdeckte einen Wagen, der durch die nächtlichen Straßen fuhr. Es war seine Stadt, und in dem Wagen saß Ramona mit sorgenvollem Gesicht.

Wie in einem Zeitraffer sah Rudi sie zum Bahnhof fahren. Sie lief an Schaltern und Läden vorbei, schaute in die Fenster, rannte von Gleis zu Gleis. An Gleis sieben traf sie eine Frau, die neben zwei Koffern stand. Es war Frau Daimagüler, die Mutter von Dilara. Ramona sprach mit ihr. Sie weinte, und Frau Daimagüler nahm sie tröstend in den Arm. Ramona hielt einen kleinen roten Stein in der Hand, auf den sie immer blickte, während sie den Kopf schüttelte.

»Ramona macht sich Sorgen um mich!« rief Rudi bestürzt zu Adul. Das Bild im Spiegel verschwamm.

»Ich habe darauf gewartet, daß du dich an dein Zuhause erinnerst und an deine Familie«, sagte Adul. »Dilara hätte dich gerne bei sich behalten, aber wenn man jemanden liebt, dann läßt man ihn gehen, bis er von allein den Weg zurückfindet.« Er blickte zu Dilara. Sie saß kerzengerade auf ihrem Kissen und lächelte tapfer.

»Mein Herz ist dank dir, Rudi, nun stark genug. Ich werde die Trennung verkraften, aber komme eines Tages wieder her und besuche mich. Ja?« Sie stand auf, umarmte Rudi und drückte ihm eine Rose in die Hand. Dann drehte sie sich schnell weg, damit er ihre Tränen nicht sah.

»Ich verspreche es!« sagte Rudi und wußte, daß er wiederkommen würde.

»Geh nach Hause und lerne, der zu sein, der du sein möchtest. Da, wo du hingehörst. Wende das Erlernte an, das ist die schwierigste Übung. Aber sie wird dir gelingen. Dein Herz ist deine allergrößte Stärke. Es wird dich nie im Stich lassen. Verlaß dich darauf! Doch nun mußt du nach Hause. Ja, wo habe ich ihn denn?«

Mit diesen Worten kramte Adul in einer dunklen Ecke des Zimmers herum. Es schepperte, und eine Staubwolke umgab ihn. Er zog einen zusammengerollten Teppich hervor, den er ein paarmal ausklopfte, und Rudi glaubte zu sehen, daß der Teppich sich bewegte.

»Mein guter alter Teppich. Auch auf dich ist Verlaß. Komm, Rudi, wir bringen dich aufs Dach. Der Teppich ist zwar schon ziemlich von Motten zerfressen, aber dadurch kannst du die Landschaft unter dir sehen, wenn dir beim Fliegen langweilig wird. Eingebaute Panoramasicht sozusagen.«

Adul kicherte vor sich hin, während sie auf das Dach kletterten. Auf dem Dach des großen Basars stand Dilara vor ihm und gab ihm stumm einen kleinen Kuß auf die Stirn. Sie sahen sich an, und beide wußten, daß sie etwas verband, das sie niemals vergessen würden. Rudi winkte ihr mit der Rose in seiner Hand und versuchte sich ihre großen dunklen Augen einzuprägen, damit er von ihnen träumen konnte.

Am dunkelblauen Himmel stand der Halbmond. Rudi legte sich bäuchlings auf den Teppich. Ein leichter Wind kam auf. Adul murmelte ein paar Worte, und

Rudi spürte, wie sich der Teppich unter ihm bewegte und sich langsam hob.

»Genieße den Flug, es kann dir nichts passieren!« rief Adul ihm zu.

»Ich weiß!« antwortete Rudi. »Danke für alles!«

Bald schlief Rudi friedlich auf dem Teppich ein, der noch nach Gewürzen und Sonne duftete. Er fühlte sich sicher und beschützt, während er durch die Nacht flog.

»Rudi! Aufwachen!« Ramona stand an seinem Bett.

»Wie? Wo bin ich?« fragte Rudi und richtete sich auf. Er schaute um sich herum. Er war zu Hause.

»Rudi, du hast ja noch deine Fußballsachen an!« sagte Ramona, aber sie war nicht sauer, sondern nur überrascht. »Warst du gestern noch einmal weggegangen? Bist du vielleicht durch das Fenster eingestiegen?« Sie schloß das Fenster. Eine Rose lag auf dem Teppich. Sie hob sie auf und roch dran. Dann legte sie die Blume vorsichtig auf Rudis Schreibtisch.

»Bist du etwa über Nacht gewachsen? Deine Füße hängen über die Bettkante. Du brauchst ein neues Bett. Komm, Großer, Zeit, daß du aufstehst und zur Schule gehst!« Lächelnd verließ sie das Zimmer.

Rudi stand auf und ging ins Bad, um sich zu waschen. Er schaute in den Spiegel und sah sein Gesicht an. Verändert war es, aber er erkannte immer noch den alten Rudi darin. Nur war keine Trauer mehr da. Er lächelte sich sogar an.

Beim Anziehen stellte er fest, daß seine Sachen tatsächlich zu klein waren. Seine Hose war zu kurz, und die Ärmel seines Shirts reichten ihm kaum bis zu den Unterarmen. Egal, dachte er.

Seine Mutter saß in der Küche am Frühstückstisch. Als er hereinkam, sagte sie: »Rudi, dein Vater hat dir einen Fußball gekauft. Damit kannst du üben. Er hat gestern ein neues Lied geschrieben und nimmt es heute im Studio auf. Wenn wir ein bißchen Glück haben, wird es bald im Radio gespielt.«

Rudi trank ein Glas Orangensaft. Er freute sich, daß seine Mutter so gute Laune hatte.

»Einen der roten Steine, die du geweint hast, Rudi, werde ich mir als Anhänger fassen lassen und immer tragen. Er wird mich an dich erinnern, wenn du groß bist. Aber wie ich sehe, ist das schon bald soweit. Ich glaube, du brauchst neue Sachen. Willst du dir welche kaufen?«

Rudi umarmte seine Mutter. »Danke, Mama, aber

das ist nicht so wichtig. Ich warte lieber noch. Man kann ja nicht wissen, wieviel ich noch wachse!« Er lachte, warf sich seinen Rucksack lässig über die Schulter und machte sich auf den Weg zur Schule.

Am Nachmittag wurde Rudi beim Fußballtraining zum Linksaußen gewählt. Björn schlug diese Position vor und meinte: »Versuch's halt mal, Alter!« Dabei knuffte er ihn freundschaftlich in die Seite.

Rudi knuffte zurück und sagte: »Mach ich, Alter!«, und er lachte, als Björn in den Matsch flog, weil Rudis Knuff ein bißchen stärker als erwartet ausfiel. Er half ihm aufzustehen und schaute ihn lachend an. Seine Augen waren auf gleicher Höhe, stellte Rudi fest.

Er bemühte sich, rannte und paßte und schoß zwei Tore. Niemand schien sich mehr an den alten »Rudi Rundlich« zu erinnern.

Björn nannte ihn nun »Rudi Raser«, während er »Alter Schwede« zu Björn sagte.

Er war einfach nur froh, sich nicht mehr wie die einsame, dicke Raupe auf dem Blatt fühlen zu müssen. Jeder hatte sein eigenes Geheimnis, doch Rudi wußte nun, daß er ein Herz hatte, auf das er sich immer verlassen konnte. Und einen Traum, in den er zurückkehren konnte, wann immer er wollte.

© Christoph Michaelis

Florentine Joop, Jahrgang 1973, hat Illustration und Kommunikationsdesign studiert. Sie hat bereits mehrere Kinderbücher illustriert und ihre Geschichten und Zeichnungen in zahlreichen Zeitschriften veröffentlicht. Florentine Joop lebt in Hamburg.

Wolfgang Joop, Jahrgang 1944, hat in jungen Jahren viele seiner künstlerischen Talente ausgelebt, bevor er Ende der siebziger Jahre zum wohl erfolgreichsten deutschen Modedesigner aufstieg. Er wurde mit vielen Preisen ausgezeichnet, und sein Name wurde zu einem Markenzeichen. Auch als Autor war Wolfgang Joop sehr erfolgreich, vor allem sein Roman »Im Wolfspelz« sowie das Geschenkbuch »Das kleine Herz« wurden zu Bestsellern.

Wolfgang Joop lebt in New York, Potsdam und Berlin.

Wolfgang und Florentine Joop
Rudi Rubi
2 CD. 140 Minuten
ISBN 3-89813-454-7

Joop liest Joop

Rudi Rubi hat ein weiches Herz. Beim kleinsten Anlaß kommen ihm die Tränen und er wird zum Gespött seiner Mitschüler. Doch das ändert sich gründlich, als er einem Bettler mit magischen Kräften begegnet. Wundersames ereignet sich von nun an: Rudi weint nicht mehr Tränen, sondern Rubine, und geht auf eine phantastische Reise in den Orient. Hier erfährt er, wie stark die Macht seiner Wünsche und Träume wirklich ist.
Wolfgang Joop selbst liest diese zauberhafte, weise Geschichte eines neuen kleinen Prinzen: »Rudi Rubi« handelt vom Glück, von Wundern und dem Glauben an sich selbst. Ein mitreißendes Märchen für Groß und Klein.

Arabische Nächte
Erzählungen aus Tausend und eine Nacht
Herausgegeben von Ernst Ludwig Schellenberg. Mit 30 farbigen Illustrationen von Edmund Dulac
256 Seiten. Seidenglanzbuchleinen
ISBN 3-352-00708-X

»Das reichste Bilderbuch der Welt.« Hermann Hesse

Bis heute erfreuen sich die phantasievollen Geschichten aus Tausend und eine Nacht ungebrochener Popularität. Dieser reich bebilderte Märchenband mit einer Auswahl der schönsten Erzählungen enthält: Die Geschichte vom Fischer und dem Geiste; Die Geschichte vom versteinerten Prinzen; Die Geschichte vom Zauberpferde; Die Geschichte vom Prinzen Chodadad; Die Geschichte von der Prinzessin von Deryabar sowie Ali Baba und die vierzig Räuber.
Die außergewöhnlichen Illustrationen des Jugendstilkünstlers Edmund Dulac sind nun erstmals in einer bezaubernden Geschenkbuchausgabe wieder zugänglich gemacht und entführen uns in die bunte Welt des Orients. Eine Wieder- und Neuentdeckung zugleich!

Rütten & Loening

Mehr Informationen erhalten Sie unter www.aufbau-verlag.de oder in Ihrer Buchhandlung